文蘭芳
何盛華
李淑潔
合編

把火種撒在地上

話說蘇恩佩

把火種撒在地上——話說蘇恩佩

策劃編輯／文蘭芳、何盛華、李淑潔
文字編輯／楊碧瑤
美術設計／濛一設計坊
出版發行／突破出版社
香港沙田亞公角山路33號突破青年村
電話：2632 0000　傳真：2632 0388
電郵：breakthrough@breakthrough.org.hk
網址：http://www.breakthrough.org.hk
http://www.btproduct.com
承印／雅聯印刷有限公司
2013年7月初版1刷

To Start a Fire - Remembering Josephine So

Edited by SW Ho, SK Li and LF Man
Text Editing／PY Yeung
First Printing, First Edition, July 2013

Printed in Hong Kong
ISBN 978-988-8073-95-5

承蒙「恩佩生命摯友」贊助本書製作經費，謹此鳴謝。

誠邀閣下就突破出版社的書籍發表意見。
請登上 www.btproduct.com/book，在「讀者回應卡」頁面內填寫。謝謝。

歡迎加入突破書籍 Facebook — http://www.facebook.com/btbooks

本書採用環保油墨印刷

連結上帝連結人

心　靈　關　顧

關懷、連繫、復和、

溝通、對話……

凝視心之脈動，

直到重新尋獲自己的心。

生　命　禮　讚

目錄

第一部：親人摯友話恩佩

第二部：亦師亦友憶同行

第三部：隔代相識文字間

第四部：薪傳有火於今世

附錄

親人摯友話恩佩

回憶恩佩與我們的童年時代

/ 蘇恩覺

恩佩在家排行第四，是八兄弟姊妹的中間。她是長她六至四年的大哥、二哥和三姊的「四妹」，卻是「湊大」下面四個妹妹的「四家姐」。

我童年的記憶可說是從二次大戰後，1946年，我們舉家從澳門遷返香港，搬入香港島西區第四街萃華坊二號三樓開始。萃華坊一共有十間樓高三層的唐人樓，當時二號的屋主把三樓租給我們，他自己和妻妾兒孫十多人居住樓下和二樓。因為住頂樓，我們多了一個寬敞的天台使用，成了我們童年及青少年時代嬉戲、休憩的地方。

在我的回憶中，兩位哥哥對四姊恩佩似乎有一份額外的鍾愛。他倆是在廣州唸中學和大學。所以只在長假期才回家居住。但他們在家的日子，總會有他們的同學到訪，我有印象大哥和二哥都以四妹為榮，喜歡叫她彈琴、和他們一起唱歌，又會逗她獨唱。當日他們喜歡唱的歌曲很多是出自那本“One Hundred And One Favorite Songs”。

根據大哥說我家的鋼琴是三姊恩潔請求父親買的，是四零年代末期在當時的娛樂琴行買的。不過我完全沒有三姊彈鋼琴的回憶，腦海中存留的都是恩佩在家彈出美妙的樂曲的背影和側影。正如大哥所說，在兄弟姊妹中最有音樂天份的就是恩佩。她正式學彈琴的機會不多，但她卻彈得一手好琴，不但技術好，她彈出的音樂表現出藝術家的氣質。此外她擁有一副美麗的歌喉，據她自己說曾夢想過做歌唱家，但在1957年，正當她開始了跟趙梅伯教授學唱歌不久，便患上了甲狀腺癌，割除癌腫瘤的手術也把她美麗的聲帶破壞了，起初的一段時間，她甚至連說話也有困難。這一個打擊對她十分巨大。

恩佩比我們五、六、七三個姊妹大兩三歲而已。（第八的妹恩慧在六歲時便因病返天家了。）但她比我們思想成熟很多，所以在家她就成了我們的啟蒙老師。在我的腦海裡有一幅圖畫，就是我們三個妹妹坐在櫈仔上，而恩佩呢，手裡拿著一本厚厚的世界童話，娓娓動人的和我們講故事。看到現在五姊恩浩還記得我們愛聽的一個故事是《苦兒流浪記》，有一次恩佩大概講得非常動人，出神入化，三個妹妹都感動得嗚嗚大哭起來，終於媽媽走過來干涉，不許恩佩再講下去。除了講故事，恩佩又利用掛有蚊帳的大床做舞台，由她編劇，讓三個妹妹在床上做話劇。

到我們大一點，恩佩訂閱了《新兒童雜誌》，後來又買《新兒童叢書》給我們看，《新兒童》裡面的雲姊姊信箱十分吸引我們。五姊恩浩特別記得恩佩從《新兒童》所講的一個故事，裡面有兩個人物：「想點點」和「做點點」。恩佩強調地教導妹妹們思想和行動兩者的重要性。恩浩在中學的時候，恩佩可能觀察到她有助人的強項，便鼓勵她去唸社會福利的課程。后來恩浩也真的投身於社會福利工作。

恩佩小學五年級開始在英華女校唸書，隨後三位妹妹也入了英華就讀。在學校恩佩成績好，又有領袖才能，深得師長的喜愛，中文老師陳良烈更一早便看出她在中文寫作方面的才華十分出色。三位妹妹也托姊姊之福，在英華的生活非常愉快。記得每天吃晚飯的時候，四姊妹都七咀八舌爭著講述那天學校生活的趣事，爸爸屢次用「食不言、寢不語」來叫停我們，但都不生效。

五四年恩佩中五畢業，中、英文科都獲優異。記得恩佩常提起那位教英文和英國文學的老師。她常邀請中五、中六的同學到她家朗誦英詩，和唸沙士比亞的戲劇，那位老師可能是當日在香港成立了的英語劇團的成員，她就在自己的住所搞一些戲劇活動。恩佩日後對戲劇的興趣相信也受了那位英國老師的影響。

恩佩在學校的一位興趣相投的老友是朱嘉瑋。最近五姊恩浩和嘉瑋聯絡上，她把恩佩和她兩人在中學時代的一些往事電郵給我們，讓我們兩姊妹在倒流的時光中一瞥中學時代的恩佩。

嘉瑋說恩佩和她有許多相同的興趣和夢想，其中一樣就是對知識的渴求。當時英華女校那簡陋的圖書館無法滿足這兩個如飢如渴的少年讀者。於是她們從自己的零用錢中拿些出來，湊起來去獲取當時一個流動圖書館的服務。它提供一些英華圖書館沒有收藏的書籍。每週一次一個女孩子會把她們兩人選擇的書籍送到嘉瑋的家，在那裡恩佩感到可以自由些去閱讀，因為當時我們的父母相當保守和管教嚴格。就這樣她倆讀了不少五四運動的思想家、文學家如魯迅、巴金、梁啟超等的著作。

此外，酷愛文學的恩佩和嘉瑋也真是幸運，因為嘉瑋的祖父購入了整套的「萬有文庫」，這是商務印書館於1929年開始出版的綜合叢書，共收書1710種，有4000冊。朱家寬敞的大客廳的四壁，就裝置了大的書櫃來收藏這些書。她們稱這為圖書館而不是客廳。對她們兩人還提供一個奢侈的享受。她們什麼書都看，更細的字體也難不倒她們。她們十分喜歡中譯的世界文學名著，從"Odyssey"到《三劍客》。恩佩是那裡的常客，也往往是最遲離開的客人。嘉瑋是負責「文庫」借還的事宜。雖然我沒有印象去參觀過朱家的「圖書館」，但我們三個妹妹的閱讀習慣，喜愛的作家，無疑是受了恩佩的影響。

不過恩佩不是「書蟲」、「書呆子」。她感受到讀書人的社會責任。這種服務人群的心，當然也是受了英華女校濃厚的「非以役人、乃役於人」的校風和精神所薰陶。不過她和當時一般的「番書女」有點不同，根據嘉瑋的憶述，中學時代她倆對中國有一份感情，有些愛國的情操。她們曾經夢想有一日去廣州升學。

唸完中六，恩佩毅然選擇去讀一年師範，然後當上小學教師。主要原因是當時父親的生意倒閉，恩佩便自告奮勇儘快出來賺錢養家。當然她也安撫家人說她有當小學教師的理想。但過了五、六年，小學教育的世界對恩佩變得太狹小了。潛在她裡面的思想、才華和使命感促使她尋求更大的發展。在1963年她赴美國讀大學去了。我和恩立剛從港大畢業，我們都覺得是全力支持她的時候了。

神藉恩佩領我走一條不一樣的路

/ 蔡元雲

從1972年在九龍城寨的福音戒毒聚會與恩佩相遇，到82年復活節，天父接恩佩到祂的懷中，我與這位恩師同行整整十年；通過恩佩，神領我走一條不一樣的路。

她看見我內裡的一點火

72至73年中，一小群就香港青少年狀況談得投契的信徒，啟動了一個祈禱會：當中有蘇恩佩、陳喜謙、朱杞祥、詹維明、梁永泰、錢北斗等人，我和太太Ellen亦參與其中，從起初求問我們能為這城市做甚麼，演變到後來籌劃出版一份青年人的雜誌。

意想不到的是，恩佩竟然主動邀請我投身這青年文字工作的行列。我和太太到大嶼山退修禱告，果然察覺自己心中有一點火：我喜歡與青少年分享信仰，在教會也是青年團的導師，也曾嘗試與加拿大溫尼伯城回港的信徒合辦一份青年人雜誌：遠東版《泉源》。我相信這點火焰是聖靈所賜的。

她相信這個害羞的青年

恩佩在她的札記寫過，神呼召投身突破的都是瓦器，其中一個是「害羞的青年、常常不敢說話」。然而，她卻相信是神呼召這青年成為她創辦《突破》雜誌的同工。是恩佩鼓勵我寫一個專欄，我說自己沒有寫作的恩賜。她說：把你在醫院裡真實的經歷整理一下，寫下來就可以了。她給我不少指引，又細心潤飾，後來專欄竟然編成《醫者心》一書。直到今天，我仍然知道寫作不是我的恩賜，卻仍然在同工的鼓勵下將一些材料結集成書。更沒有想過，這個不敢在公開場合講話的青年人，神竟讓我有講道和教導的機會——全是恩典。

體驗甚麼是尊重

恩佩被神揀選，在美國完成進修回到亞洲，踏上「仄徑」，先在台灣主編《校園》雜誌，後來在新加坡也是《前哨》雜誌的支柱，一直從事青年文化事工。當年我投身突破，毫無經驗，後來竟被委任「突破雜誌社」社長一職。

恩佩自始至終，十年來共事，一直教我感到備受尊重和信任，增添了我事奉的信心。即使犯錯，她也是溫柔地提點，從不叫我難堪。恩佩對每位同工、義工都真心的尊重，但不代表她沒有堅定的立場。這份出自愛心的尊重，深深感染了我，教我學效如何與同工相處、如何服侍青少年。

對神話語執着

《突破》每週都有編輯會，每期主題的責任編輯，恩佩讓同工和義工們按感動擔當。她堅持擬定主題大綱，一定要有《聖經》基礎的反思。就如我參與以「情緒」為主題那期，除了尋找心理和輔導的書籍作參考外，還得蒐集有關青少年情緒狀況的研究，更要提供《聖經》如何描繪情緒的表達和管理、聖靈如何祐助，讓信徒免受情緒操控。恩佩不鼓勵大家以「說教」的形式處理各主題，卻是培育我們不要忘記以《聖經》作為思想的根基。

改變閱讀習慣

從中六起我便選修理科，大學時主修動物學，然後進入醫學院，閱讀範圍相當狹窄。恩佩自己讀過，再推介給我們的書籍，叫我驚訝：如潘霍華的《跟隨基督》、Jacques Ellul的“The Presence of the Kingdom”、聯合國祕書長韓瑪紹的“Markings”、邊雲波的《獻給無名的傳道者》、甘地的“Autobiography of Ghandi”，Richard Foster的《屬靈操練禮讚》、Aleksandr Solzhenitsyn的“Cancer Ward”……她把我們引進一個發掘不完的藏寶山——閱讀習慣改變了，視野也在蛻變中。

學習說：「死亡別狂傲」

恩佩自十七歲起，便與「死亡」共舞。與她共事的十年間，常為她量度血壓、閱讀醫療檢查報告。她每天是那麼接近死亡，卻從來無懼。她創辦《突破》，是冒死進行的。她親自為「突破之夜」撰寫舞劇演出：《枯骨的復活》，在旺角球場的演出也是親自監製——都是「死就死吧」的一顆赤子心。是十字架的主讓她學習「捨己、背起自己的十字架」跟從基督。那十年間，經歷多少考驗和艱難，我在她身上看見甚麼是「天天冒死」。

在突破事奉近四十年，期間也曾怯懼、怕死，是那位勝過死亡的基督提醒我：「不要怕、只要信」。

恩佩最後留下一句話：「沒有遺憾」；神指引我走上這條突破路，我亦在心中發出一句話：愛裡沒有懼怕。

書寫恩佩每次都有新發現

/ 梁永泰

青年定向

我在廉租屋邨長大，第一份工是在西環某工廠當會計助理，其後也有在九龍城寨向吸毒青年傳福音的經驗，但對基層社會只有粗淺的接觸。及後任教官立中學，每天面對一群背景草根而天資聰穎的少年，深覺他們的前途無限——就在這一刻，我遇上恩佩姐。

恩佩使我對本地青少年的認識加深，進到被社會遺忘的角落找他們，不單藉著一起生活，也通過大眾傳媒更廣泛地接觸他們。當時我想起自己在大學也曾參與學運，明白青年領袖的可貴和潛質。而恩佩的出現，使我了解一個青年工作者的心腸和素質，有助我後來決意以服侍青少年為人生目標。這麼多年，我所參與的影音製作和突破青年村的教育項目，都以啟導各類型的青少年為目標，恩佩可說是一位先行者和典範。

投身媒體

我在一個保守的家庭長大，很少看電影，家中沒有電視，歐西流行曲、本地音樂也甚少接觸。在《突破》籌備初期，我對大眾傳媒這東西一竅不通，但十分着迷。原來雜誌作為大眾傳媒，有其爆炸力；就是一篇文字，也可以震撼全城，這認識、醒覺使我決意以大眾傳媒來影響青少年的價值取向與人生目標。

恩佩對傳媒的掌握和經驗，面對輿論壓力的表現，環顧時代的視野，以至討論當前深度文化地理，都著實令人折服。雖然我也走上傳媒的道路，與她不同的是，我生怕自己的文字功力不夠，遂選了影音媒體。我相信影音是未來影響青年最重要的媒體。這路是陌生的，信心來自向神禱告和幼年繪畫獲獎無數。

媒體不單是美術與技巧，亦是內容與生活的體驗。恩佩自認沒有真正研讀編輯學和文字工作的理論，亦沒有正規的神學訓練，只曾在「慕迪聖經學院」和「惠敦大學」接觸一點神學，所以勉勵我書不用讀太多，要多從實踐中學習。在這方面我不大同意：其一，恩佩可能天資特別聰穎，故本領不凡；其二，我想到時代的要求也不盡同，所以當年我認為先讀主修聖經神學，再全職唸傳播及電影，在媒體事工內容與形式方面裝備自己，來得更直接。於是隻身上路，橫跨美國境內多所學院，務求濃縮地吸收學習。

優化載體

媒體是文化的一種，媒體的內容是文化的創作，華人教會和香港社會不重視文化，本地只有娛樂事業。而恩佩的文化修養很深，因個人熱愛，也因治學嚴謹。她曾帶我看她喜愛的話劇，Eugene O'Neill的《長夜漫漫入夜深》("Long Day's Journey Into Night")。我當時一竅不通，覺得十分沉悶，反而對電影情有獨鍾，尤其是對白少的全官感電影，覺得有說服力。

因認識恩佩，自覺文化根底太弱，也因歷史感和社會意識比較強，於是對中國文化、西方哲學、亞非拉歷史、宣教歷史，無一不產生興趣，多加閱讀，也多看人物傳記，有別於其他本科唸科學的同學。

脫離中國母體多年，在香港生長的孩子，又怎能認識中國文化？在殖民地長大的孩子，又怎能了解西方文明？恩佩的求知慾，認真鑽研的態度，給予我很好的榜樣，只要下苦工，是可以培育自己的文化視野。傳播者的信息，往往局限於他的生命素質與文化視域，這是我深深領會的。

當年恩佩提出「文字救贖」：文字的形式與內容都要重新反思，以文字改變人們自身的價值判斷。如今我再推進一步，提出「文化救贖」：整個社會的價值系統、文化取向，以至世界觀等，都需要基督的救贖，邁向一個以神創造設計為中心的模式，這也是我多年從事青少年文化工作的目標。

委身基督

恩佩從不計較自己的得失成敗，有時事工不順利她或會沮喪，缺乏同行者覺得孤單，但她永遠不會放棄。這一種體弱而心志堅定的生命潛在力量，是我深深感受到的。於是自己在發現、學習與實踐的過程中，也經常退隱、禱告、仰望天上的神，求父賜予自己事奉的力量——這是恩佩那塊舊跪墊的提醒。

最後，恩佩給予我們的寶盒，就是她眾多知心的摯友——他們很多也成了我的好友和顧問，給我的鼓勵與支持一生也用不盡，使我走這天路歷程不覺孤單；也提醒我多建立同行夥伴和突破摯友群，讓他們與突破年輕同工連結，好把使命異像傳承下去，教青少年文化工作與生命工程，永不止息，好像壇上的火，永不熄滅一樣。那裏有屬神又同心的群體，那裏就有希望的源頭。

謝謝恩佩視我為弟弟，她對我的愛護和影響，是顯露在對青年的關懷，對媒體的重視，對創作的嘗試，對文化的認識，對城市的不懼，對神的信靠，和對夥伴的忠誠。恩佩，我為此感謝神，因為有您同行共十載。

把火種撒開

/ 李淑潔

一個已離開三十年的人，卻不曾隨歲月褪色令我淡忘；她不是一則神話，卻使我無法不懷念她的一生。

烏雲密佈的天空下，巴丙頓道上，我彷彿看見一個踽踽獨行的身影。她那專注的眼神凝眸在沉思中，瘦弱的身軀像為這個城市受壓而憂傷，卻又像對抗哥利亞巨人般睿智勇敏。

後來，她搬到蘭開夏道，仍愛漫步去看樹，看到鳳凰木如火燃燒，會像小孩般歡喜，為城市中還有一絲原始的生命氣息而感謝。

這二處街道曾是我熟稔的地圖，常走訪她的住所。噢，事實上那個年代，我在香港沒家，把她的臥室書房，當是溫暖的港口，讓我安心且暫停泊。

當時我自恃年輕到處漂遊，卻掩不住心中的不安，人生的目標和意義似近實遠，皆飄忽無定。她找我寫"I Look for Love"的影音劇本，讓我以為自己能寫作。是啊，我就是以為自己對她有用，替她辦小事情，代她找稱心又價廉物美的禮物送朋友，陪伴她看舞台劇、看電影，跟著討論一番……以為在幫助她，而她又那麼熱忱待我，每每細心聆聽，其實她在伴我走，忍耐守護著，而我在兜轉 look for love，尋問什麼是愛。

她亦師亦友、全心全方位的關懷，也影響了我日後走上服侍青年的路。

有幾次我躺在她的音樂床*上睡著了。夜裡醒來，看見她跪在那紫藍色的禱墊上，那麼懇切祈禱。她低沉的嘆息，像是靈魂在發聲，在向神傾心。我素知道她對信仰認真，但看到她如火強烈的愛，對主全然的降服，我還是感到震撼——她，絕對是基督真正的門徒。

這些深刻的經歷促使我認真面對自己，反省生命。仿是她點亮燈火，讓這只霧中漂泊的小舟回頭，朝著那一道光，轉向真正歸家的航線。

至於她底心靈的情理境地，那是遠超過當年的我能忖度，卻也給予我功課，在隨後的歲月去揣摩，讓我細味她跟隨主的心路歷程，明白信仰是

---

* 恩佩喜愛音樂，她把唱機和唱碟藏在一張木造的長椅內，成為她睡房的音樂椅兼客床。

什麼一回事。於她，信仰是真實的、是徹底的，她每天都身體力行——實踐不畏死亡的威嚇，選擇為主而生活，學效耶穌的心懷，認真看待每個人，在困難中活出信心、希望和犧牲的愛。

一條並不容易走的路，她卻選擇了。不，她不完美，但她努力超越自身的限制和軟弱，演繹了又真又活又美的人生。我有機會近鏡頭看到她的掙扎，感受她的悲喜哀樂，同哭同笑，緊密同行了一段歲月，為此，我感激她一輩子。

看著年輕人走在街上，也許他們不認識蘇恩佩這個名字，但他們仍受祝福。她撒下的種子今天仍然生長，在不同的地方、角落都有曾受她感染的人，繼續用生命傳遞。她燃起的火依然不滅。今年的復活節，恩佩返天家三十年，願我們薪傳，把生命火種不斷撒開。

附記：在紐約尋覓恩佩的足跡

恩佩的日記，遵照她的遺願，早已全部燒毀。三十年後，我在恩佩的文件檔案中，發現她的一本旅行筆記。內容記錄1979年她在安息年假北美之旅。她喜歡紐約，逗留超過一個月，這段記錄尤其詳細，她也附記了一些心路歷程。

2013年初夏我恰巧在紐約，有機會重訪恩佩所走過的大街小巷，或是第五街，或是蘇豪區的小店、咖啡廳，都使我想起她，想著她在筆記中的描述。「可愛的第五街，那麼長、那麼寬、跳躍著陽光的日子，遊人自由自在，I am totally enjoying, so relaxed...」

我走進一間地道的小餐廳，牆上掛著六、七十年代舊海報、黑膠四十五轉唱片做裝飾，空氣中竟傳來熟悉的歌聲，是Don McLean的 "American Pie"，時光忽然倒流，記得為早期《突破》雜誌搜集資料，恩佩和我一起聽這首歌，她著我留意歌詞，說很能代表那一去不返的年代。於我，恩佩更具代表，她的年代，我們怎也無法回去。

然而恩佩的生命，她提出的問號與挑戰，我們卻不可漠視。她那個年代，人常夾持在理想與現實之間，為其中的拉扯、掙扎而感到矛盾，亦有談論lifestyle，也許不及今代更講究更多人刻意追求生活品味。恩佩清晰分明做了與別不同的選擇，她為什麼能放下一般人所嚮往的生活？

恩佩在筆記中坦言若純粹按個人喜好，她寧選擇私人生活。是啊，她喜歡自由自在，她典雅，有獨特的氣質，也懂得生活的情調。品味，偶爾欣賞，卻不追求。她寧願簡樸，因有更重要的選擇；她看重的，是生命。

她這樣寫："Only one life, it'll soon be past. Only what's done for Christ will last."生命短暫即逝，唯有為基督所做的，才永遠長存。她認定什麼是最重要，對準了生命的核心，就能釐定生活的優先次序。她說不太多人像她那樣看時間—都是借來的，身上如有不停響著的倒數時鐘，她沒想過能活過七十年代。

讀到這些，令我有點吃驚。昔日，她堅持到機場接我送我，看著我入閘登機，珍惜分秒的她，怎麼花時間在我身上？大抵她對小子就是無微不至的服侍，彷彿把陽關三疊、濃濃故人情披在這個不安的遊子身上，讓她知道要回來，且有所歸。過了這許多歲月，回想起來，依然感到汗顏不配。

我曾問她：「像我這樣的人，還能再站起來嗎？」當時的我是指自己內心受創，傷痕累累。

那個晚上，她解開繫在她頸項上的圍巾，讓我看。我的指頭輕觸，替她按摩，淚水卻忍不住流。那是開過多少次手術及經過多少電療的疤痕？真正傷痕累累的，是她。

她也不迴避暴露輭弱，讓我參與她的生命，目睹她所經歷的痛楚與傷痕，不單身體，也是內心深處。

「我怕給人誤導以為我是個屬靈偉人，其實我是充滿弱點，信心也軟弱。……」她或許不知道她給予我面對自己的勇氣，使我體會愛，得到醫治。

她的筆記繼續向我說話：「《仄徑》之前早已選擇了仄徑，做了人生重要的決定，將生命主權交出，是十五歲那年作那嚴肅的委身的禱告……」她在那麼年輕的時候就懂得委身，一生毫無保留奉獻，赤誠站在人生邊上，遭遇奇特崎嶇的經歷，在人看來，難以明白，於她，徹底跟隨、甘願完全擺上。正因如此，她不但風聞，而每天必須倚靠主，切實經歷上帝。

我走進圖書館，偶然看到一本2013年出版的韓馬紹傳記。恩佩由衷敬佩韓馬紹，曾花不少時間心力鑽研，並翻譯他的著作《痕》。這位曾任聯合國祕書長，昔日觸目超卓的公職，原來內心屬靈世界更為睿深。

傳記中提及韓馬紹在紐約的一段說話，其中有這麼一句：「我們不能像技師模鑄物件般對待世界……但我們能夠影響世界的發展，是從內在，從屬靈事物開始。」我想恩佩必定共鳴他的意思，因為她同樣注重屬靈生命及社會參與，是真正的實踐者。

恩佩亦體會真正帶來改變，不是從外在，而是從內裏。一切重要的，其實都牽涉人的靈魂狀況，關鍵在於心靈，是屬靈生命工程。

恩佩在紐約，曾憑弔韓馬紹在聯合國的蹤影，而我，今天走在他們踏過的路上，聽他們的細語，心裡念著，他們的生命如此美好，我們這個年代雖然支離破碎，有他們走過前方，在榮光裡微笑注視，心裡還是督定，並不孤單。

恩佩的領導模式

/ 陳趙台梅

在恩佩姐的年代，鮮有「領袖培育」的概念，更少有女性領導的討論。但是恩佩姐卻給我們建立一種女性領導的模式。她有異象，有先知的勇氣，善於解經式的教導。但是她與人不同的是她個人的感染力。她洞悉每個她關愛的人的潛質，也不惜個人代價，用她有限的時間給予真誠的鼓勵與挑戰。

我與恩佩姐相處的時間並不算多。大學四年只限於在文字工作上與她接觸。她把《校園》雜誌要翻譯的稿件交給我，我則翻譯，交稿，她閱後再做改正。憑數次的交談與在她家中進餐，我感到她是一個關懷我並值得信任與交心的主內姐妹。我們這些離家求學在外的學子，父母雖對自己犧牲付出愛，但礙於權威與期望造成的隔閡，便渴望主內有真能溝通並指點迷津的朋友，而恩佩姐因此在我生命與信仰的路程中有至深至遠的影響。

恩佩姐是一個敏感的事奉主的使女。她與神同行，深知神的心意，也教她對人敏感，知道如何在任務與人的需要之間取得平衡。

1973年冬，外子立夫與我新婚之後回到香港，當時《突破》剛剛起步，我相信她要做的事無法計量，但是她卻在百忙中到書房為我們買了一件小禮物：一對相互擁抱的男女泥塑下有一句“Everybody Needs Someone to Love”，給我們的提醒就是如此深刻與及時。

那個晚上，在她家裡，她親自下廚款待我們，同時也邀請了一桌年輕人一起相聚交通。她有病之身，卻有此精力，實在難以想像。無疑她是一個出色的文字工作者，但是神最用她之處，乃是她對人的關愛及啟發。用基督徒現在的語境來說，恩佩姐常常都在發掘「領袖」——有才華，有能力，願意謙卑為神所用的僕人。今日無論在香港、台灣，新加坡，華人教會六十到六十五歲的領袖，幾乎都在年青時受到恩佩姐個人的鼓勵、挑戰與提醒。她沒有如願留下大量的個人作品，但是她的「作品」留在我們每一個服事神僕人的生命中。

記得在71年七月，我捨離了心愛的中學教學工作，與父母自台灣移民美國，對未來有無盡的惶惑。正巧恩佩姐抱病要離台返港，上機的前一天，與她話別，她即使身體十分軟弱，還是願意聆聽我無序的敘述。在此人生轉捩點，她的提醒改變了我日後生命的方向。她提醒我到了美國，生活不要局限在華人圈子。那時我不確知日後在美國服事的方向，但是她提醒我，我有機會在美國的自由環境中了解中國的現況，並為中國祈禱。

我生長在五、六十年代的台灣，對中國大陸的新聞與談論都有限制，一切茫無所知，因此對恩佩姐流淚為中國代禱的情懷，當時難以認同；但是我對她這種以基督之心為心的榜樣，銘記在心。

79年中美正式建交，中國對外開放，艾得理牧師（David Adeney）成立「為中國人民代禱」團契，我毅然決定放棄奮鬥了五年才取得資格的教學生涯，成為艾牧師的助理。在禱告中我清楚記得恩佩姐在我離台赴美前的提醒，以及刻骨銘心她為中國的代禱。神開啟了我的心。我萬沒有想到神用恩佩姐的榜樣，以及她智慧的提醒，撒下了我在中國大陸事工事奉逾三十年的種子。

恩佩姐不是十全十美，她有她的軟弱與需要。但是她清楚神對她的呼召，她順服神，有寬廣的視野，看見神國度的需要。她為中國基督教文字工作憂心；她看見台灣學生工作神學與《聖經》知識的匱乏；她在香港體會到青少年的迷失；她在中國文革期間未曾踏足中國，卻為國人的受苦而流淚。

恩佩姐的領導模式，往往不著痕跡，沒有職位，也沒有名分。但是對我們這一代神的僕人卻有深遠的影響力。如今記念她離世三十年，眾人講述與她個人關係的時候，就清楚地展示這忠心使女「關係式」的領導模式，正如耶穌在世，道成肉身與祂的門徒有的那種生命與生活的關係。

80年，恩佩姐從繁忙的「突破」事工抽身來到柏克萊度過三個月的安息假期，讓我更靠近些觀察身體虛弱的她，如何依靠神而活出基督的生命。我不記得她有倦怠的時候，她上課，寫作，款待朋友，結識新交，虛心討教；不見她停頓下來，也不曾聽過她為必需的量血壓與服藥抱怨，與她接觸的人不能不感染到她的光與熱。她知道如何珍惜生命，而把生命投資在永恆不朽的國度中。

恩佩姐不談領袖培訓，不談女性領導模式，不談女性按牧；她有熱愛，有掙扎，但是專注地活在基督裏。她是一個有血有肉、忠心跟隨基督的人，以基督的心為心，以神國度為她生命的重心。她似乎有無限的passion、無限的精力，正如恩佩自己所說的，我所誇的乃是我自身的軟弱，基督的恩典是夠我用的，因為神的能力在人的軟弱上顯得完全。

也就是這種生命，使恩佩姐成為她那一代最有影響力的華人基督徒領袖。

於美國加州柏克萊
二零一二年七月二十日

亦師亦友憶同行

掇拾恩佩的逝水年華

/ 文蘭芳

恩佩的墓碑上只有去世日期，沒有出生日期，因為這是她的遺願：我願意別人記住他們認識的年輕的我。

所以，原諒我，我在這裡嘗試記述恩佩的生平，但是，卻沒有仔細查證一些事情的詳細年日。恩佩離開我們三十年了，如果她活到今天，當是一位耄耋老者，很多事不會再介意。但是，當她在世的年月，她意識到自己並不長壽，她希望我們記住她美好的一面，這是她愛美的一種表現，我們當然都聽她的。

恩佩出生在一個小康家庭，父親很年輕就從鄉下來到香港謀生營商，憑著個人的奮鬥，白手興家。他重視教育，七個子女都接受良好教育。恩佩排行第四，上面有兩位哥哥一位姐姐，下面有三位妹妹（另外八妹早夭）。據六妹恩覺的記述，恩佩是承先啟後的人物，上得兄姐鍾愛，對下她是帶領妹妹的小領袖。

恩佩生於香港長於香港，在香港受教育。她從小學五年級開始在英華女校唸書，直至中六。英華女校是歷史悠久的基督教女校，當時由英國傳教士蕭覺真女士 (Miss Vera Silcocks) 擔任校長，校風嚴謹，在學業上重視啟發，注重培養學生的品格和處事能力，強調「非以役人，乃役於人」的服務精神。英華八年的學習生活，在恩佩身上留下深刻的影響。蕭校長的身教言教，對恩佩影響深遠，她也提到，校長和幾位來自倫敦差會的教師，在她的信仰歷程中留下了可尋的痕跡。

恩佩在校成績很好，而且有領袖才能，也參加過學生會的工作。英華女校是本地中學最早設立學生自治會的中學之一，早在四十年代學生會已是由同學自己選出。學生會給予恩佩治事的訓練機會。

這段時期最深刻的影響，就是啟發和擴張求知的心。據恩佩當年好友朱嘉瑋所言，學校的藏書不能滿足她們閱讀的超級胃口，她們省下零用甚至午餐費去訂閱流動圖書館的圖書。更幸運的是朱嘉瑋的祖父購置了商務印書館的「萬有文庫」，朱家的大客廳成為她們的圖書館。這兩名狂熱的讀者，大量閱讀了五四以來很多重要作家的作品，和許多外國翻譯小說。

恩佩自幼就流露音樂天分，而在學期間，更啟發和栽培了她對文學的愛好。她的英國文學教師，會邀請學生回家圍讀莎士比亞劇本和英詩。她本來就愛閱讀，文學的修養漸漸奠下根基，成為人生源源不絕的養分。恩佩終其一生，都愛好音樂和文學藝術，也在其中得著滋養，在困頓中因音樂文藝得著慰藉。

中五會考以後，恩佩唸了一年中六，轉到師範學院，畢業後她到荃灣一所小學擔任英文和音樂教師。到1963年赴美進修，入讀芝加哥慕迪聖經學院，一年後轉到惠頓大學攻讀英美文學。

就在她任教職的這段時間，她患上甲狀腺癌，這個疾病——連同因治療而帶來的惡果，在她其後的人生，掀起滔天巨浪；死亡的威嚇、肉體與心靈的苦痛，從此都是生活的一部份。在她去世前一年，恩佩出版了《死亡，別狂傲》一書，記述她的發病，和她直到1970年「大崩潰」才獲知真相的情況。「死是不難的，活下去才不容易。」恩佩這樣說。這書娓娓道出癌症復發以後，她活在「正常與不正常之間」的掙扎歲月，她所事奉的上帝，卻在這顛簸的人生路上，讓她成就奇蹟般事業。

1966年恩佩從惠頓畢業，當時來自不同地方的華人都努力要留在北美，而恩佩獨排眾議要回到亞洲。她的帶自傳色彩的小說《仄徑》反映了她對人生使命的反省。她的領受是學生工作和文字工作，於是她到了台灣，在校園團契擔任同工，除了負責校園學生工作，她又是《校園》雜誌的編輯。個人輔導、小組查經、大型聚會以外，她把雜誌全面革新，辦得有聲有色。長期極度忙碌透支，到1970年，她的身體出現大崩潰。是年秋天恩佩回港，診斷是癌症復發。這時候她才對自己的病情有一清楚全盤的理解。不過，令人難以接受的是，發現癌症復發竟是偶然的，而令她纏綿病榻的「大崩潰」卻反而是因為以前要治好癌所導致的惡果。對她來說，癌症並不可怕，治療才叫人辛酸。

1970年底恩佩到新加坡休養，身體才略有好轉，她就與南洋大學的畢業生和學生一起，辦起一份名叫《前哨》的雜誌來。恩佩描述：「那些真是熱血沸騰的日子——」過度的忙碌令她再次病弱，編了幾期《前哨》，她便要回港養病了。

1972年底恩佩回到香港。離開了近十年，香港正在急速變化當中。社會經濟開始起飛，但是色情暴力蔓延，罪惡充斥，治安惡劣，年輕人迷失於物慾情慾之中，恩佩很快就感受到都市的病態，而且內心傷痛。她為這個城市哭泣，悲嘆「我能為這城市做甚麼？」

雖然病弱，她的使命感不容她束手等候，在尋覓之中找到了同路人，他們決定要辦一份能影響社會的青年刊物。1974年《突破》雜誌創刊，恩佩擔任總編輯。這份刊物非常成功，在兩年間就演變為一個多元媒介的青年運動。編寫採以外，恩佩還負責公關宣傳、義工訓練，初期還要跑印刷廠。她自己形容：一個人做著三個人的工作。

另一方面，她又投入戲劇活動，1974年寫了劇本《觸礁》，1975年寫了舞劇《枯骨的復活》、話劇《春分之後》。除了寫劇本，還參與劇社活動。這豈是一個出出入入醫院的病人的生活，而事實上她的生活正是這樣矛盾而充滿張力。正如恩佩自己描述，她生活在「正常與不正常之間」，有時活力驚人，不過隨時會倒下。她的聲帶、食道都受損，影響生活，血壓也難於控制⋯⋯種種限制，未能限制她的忘情投身。

1979年《突破少年》雜誌創刊。恩佩雖不為這本刊物寫稿，也不參與編輯實務，但這本刊物仍是她的心血，反映了她對少年人的關懷。作為出版社社長，她負責刊物的推廣宣傳，統領行政財務，全都是她不擅長也不喜歡的工作。1980年還開始了書籍出版的工作。行政財務的工作令她十分疲憊，其中的壓力更對她的健康不利。當時的同工，沒有不聽過她的哀嘆：她被迫做著不合適的工作，身心俱疲。

1979年九月開始，恩佩終於享受她的安息年假期。有半年之久她在美加居住，主要停留在紐約和加州柏克萊。她參加短期課程，參與文化、宗教和社會活動，與不同的人交朋友、談話交流。這種積極的休息令她重拾活力，而且因為得到大量的思想養料，因思考、反省而心靈活躍；接觸前衛的思想啟發她對使命有新的反思。回港之後恩佩大力提倡簡樸生活。

1980年她有機會到北京一行，在剛剛開放的時刻得圓她多年夢想，真實確切觸摸認識中國人民和大地，實在是上主對她的恩典。次年，《死亡，別狂傲》出版，她把人生最重要的經歷與人分享。又在《突破》雜誌推出「簡樸生活」專題。

1982年四月，恩佩在復活節清晨被接返天家。

懷念恩佩

/ 朱蕙芬

寫這篇懷念恩佩的文章時，我在「突破青年村」作個人退修，在主面前安靜，思想、回顧這三十多年基督徒生命中的點滴、起伏。

在村內漫遊，到每一個角落，都好像有恩佩的影子在飄溢。仄徑、春分茶室……

是她的鼓勵，我開始了全職事奉的道路。 跟恩佩相交只是短短的兩三年左右。對我來說，她是亦師亦友的上司。

是她把Small is beautiful的概念放在我的思想中。第一次認識她，是個面試的場合。我信主不久，沒有什麼信心。我説自己沒有什麼特長，只能做小事。她鼓勵我説可以做許多小事情就是做好工作。結果我應聘成了她的個人秘書。即使現在我牧養一群很小的羊群，也能不灰心，繼續上路。

是她把一份欣賞異文化的情操放在我心中。最初踏進她的「創作小天地」，很感到濃厚的日本文化氣氛，好像身處一間榻榻米和室一樣。後來知道她欣賞和愛慕日本基督教文藝作家三浦綾子。

是她激發起埋藏在我心中那時還沒有發芽的中國情；同時也是她給我上了第一個門徒課程實用篇。

1980年中國剛對外開放，有幸跟她作伴，同遊北京、天津。數星期零距離共同生活，令我對這位弱不禁風的上司，有另一個層面的認識。她是個無論到哪兒都實踐著大使命的門徒，迸發出基督的馨香，具有感染力。

到北京的第一個早上，我們作了個人靈修、一同禱告就上街去。沒有認識的人，只是漫無目的地在北京街道上走，累了就在路旁的公園歇息、看地圖。那時有個大概十五六歲的小弟走過來，友善地跟我們搭訕，恩佩跟他侃侃暢談起來。小弟是馬戲團的演員，他邀請我們去他的馬戲團看看，認識他的「大哥」。我們也毫不猶豫跟了小弟去。

那裡有一群跟他年紀相仿的小弟小妹，還有一個三四十歲的「大哥」。沒想到後來這群北京朋友就作了我們的嚮導，一直陪伴我們四處遊覽，給我們擠公車，佔位子留給我們坐，還跟我們一起到禮拜堂崇拜。恩佩為他們開始了福音查經小組，「大哥」決志信主，到我們離開時，另外兩三個小弟小妹也信了主。神也預備了一位美籍華裔的基督徒英語教師作跟進。

在這一切當中，讓我這個信主不久的基督徒，經歷體會到神的同在、帶領和保守。

還有在天津餐館那頓晚飯。在她溫馨、鼓勵的目光中，我跟她分享了自己一些個人的掙扎，她細心地聆聽，在激動中讓我感受到被接納。最後她輕歎:「作主的門徒是要付代價的。」那是語重心長的話。後來我讀了她的小說《仄徑》，更加明白她的感喟。

恩佩很有感染力，無論年紀大小，都多被她吸引。在我們住宿的賓館的盥洗間跟一個七八歲的小女孩相遇，小女孩來自東北，是中日混血，在北京等候赴日本的簽證，跟爸爸相聚。她的媽媽就是那麼放心讓小女孩跟我們四處走。於是我們自組的旅遊團，又多了一個成員。

到我們離開北京回港，竟有一大群朋友給我們送火車。

今年初夏重遊北京，再到我們一起去過的「西單江瓦市教會」，三十多年前的記憶，歷歷在目。最近，跟一些北京和上海的家庭教會領袖交往，當中，還聽見受恩佩影響的談話。

跟恩佩短短的相交，讓我看見、認識到一個美麗、有影響力、感染力的生命，在人的軟弱中綻顯基督復活的大能。她委身基督，生命為主燃燒至盡。

願榮耀歸主耶穌基督！

憶念蘇姐

/ 李金強

蘇姐為我在台灣師範大學（簡稱「師大」）就讀時的團契導師，我們都以「蘇姐」暱稱。回港工作，又被她引介入突破雜誌社，當編輯義工，在我一生信仰和文字事奉的途徑，留下了值得懷念的一頁。

初到師大升學，得識魏外揚及劉少康兩位學長，知我為基督徒，遂被邀加入師大團契。時台灣處於戒嚴時代，校園不容許有宗教集會，只能在師大附近民居聚會。在校園團契事奉的蘇姐，亦為師大團契的導師，我們聚會的地點主要在她家。由於蘇姐來自香港，一群香港僑生團友，亦喜與她用粵語交談，大家倍感親切。

記得一次團契，我負責帶領查經，由於準備不足，頓顯生硬。幸而蘇姐在旁協助，始得完成。事後她告訴我，將在校園團契主持一項讀經及解經方法的課程，希望我能出席聽講。我遂應命至羅斯福路校園團契，聽講半年。

她講述的釋經方法，條理明晰，不但對我讀經大有幫助，並且發現讀經與史學研究有互通之處，結果既使我的《聖經》知識增長，又對史學研究方法漸能心領神會，日後且利用所學，對耶穌與猶太教領導層的衝突，做了一次小考證，自覺甚有心得。

蘇姐留台期間，除了不斷在《校園》撰文外，並且出版一本介紹西方神學思想的小書——《基督教神學思想簡介》，而我開始注意西方神學，乃由此書而起。70年前後，是台灣由「一黨」專政走向「黨外」民主的關鍵時刻。其時台灣知識份子，傳承了五四時代的民主與科學精神，通過自由和理性的發揚，借助文字出版，表達打破一黨專政，強烈要求自由與民主的願景。

台北學術界，出現百家爭鳴之局。台灣大學哲學系教授陳鼓應，更出版《耶穌新畫像》，以理性批評宗教，而以還原「人子」耶穌為其內容焦點。蘇姐即與台北宗教界人士起而回應，肯定耶穌神性及基督教信仰的價值。不過也在這一刻，她出現了健康問題，隨即離台回港養病，稍後得知她去了新加坡繼續學生佈道事工。

七十年代初，我已回到香港，有一天，突然接到蘇姐的來電，告知將辦一份青少年雜誌，希望我參加。那個年代大學畢業的基督徒，對於當時的教會與社會，大都有一份奉獻的熱誠，在蘇姐這位總編輯領導下，相繼投身於《突破》這份有間接宣教性質的雜誌的編寫工作。

創刊前，我們曾在長洲建道神學院集訓，其中一項培訓，是在夜間聆聽、默想大自然，而形之於文字，藉此培養觀察與寫作能力。《突破》先有試刊號，並於74年出版首期。義工、同工編輯每逢週三晚上，初期於近九龍城的伯爵街開會，籌劃每年十二期的主題內容。不但要約稿，而且要撰文。文章都須經蘇姐過目，眾人時常獲指點撰文的技巧。蘇姐要我注意多用白話文，並謂寫作首重讀者，切忌孤芳自賞。由於得知我於研究所時師隨徐復觀老師，曾向我表達她對復觀師政論文章的欣賞，並讚許為上乘的中文。

我想蘇姐一生投身文字事工，《突破》的創辦，可謂是她生命的突破，她的創作與著述日多，字裡行間，流露出對基督教的信仰，對病魔的抗爭，對華人青年生命的關懷，對文字的熱愛。雖然她已離世三十年，每當我從事研究和寫作時，仍想起了年輕時她對我的培訓，以及她對寫作的要求，對她的憶念之情，油然而生，不能自已。

恩佩在我生命中留下的點滴

/ 李金漢

想起早年那些日子：我在1972年得中文大學同意，取假到美國西北大學唸博士學位；74年回港收集論文資料及籌辦婚禮，期間因緣際會得以和恩佩見面、認識。81年到英國放安息年假，82年年初和恩佩通信，也成了彼此最後的對話。相交前後只有八年，在這裏分享三個回憶：

有一次恩佩到中大團契演講，我並沒有出席。海報標出講題——「祈禱是聆聽神的聲音」。這個講題改變了我探索祈禱的方向。祈禱的重點是聆聽。祈禱要等候神的聲音。祈禱的果效是活在神的心意中。

76、77年間，元雲到美國唸輔導，準備回來後全時間投入突破事奉。崇基學院批准我每週騰出三個下午到突破出任代社長，期間有機會和恩佩一起處理大小不同的事務，並作種種決定。

一個下午，眾人為一個活動商議主禮嘉賓名單。討論人選過後，我意欲包括某大宗派的一位重要人物。這時恩佩對我說：「你下決定時，也會作政治考慮。」她的語調輕柔，聽在我耳中，卻是當頭棒喝。我立時看見自己的心意在神面前並不純全。每次回想，都提醒了我看重全心純全，也看重君子愛人以德。

我深信簡樸生活是合神心意的生活方式。按《聖經》教導，或見於人與人相處、社會經濟分析，都指向簡樸生活。我在這方面也嘗試學習，身體力行。深信是真理，也看為良善。恩佩講簡樸生活，活出簡樸生活，展現的卻是美。讓我看見，美固然要建基於真和善；如果只有真和善，沒有美，也不算是最好的學習。簡樸生活這樣，其他事情也是這樣。我也開始學習重視美。

恩佩在我生命中留下的點滴，時日愈久，影響卻愈深。

和恩佩打「埋身波」

/ 何盛華

在突破開山劈石時期，我加入作全職同工，與恩佩並肩作戰六載。天天與她打「埋身波」，自然清楚她不是完全人，但在她身上看見的一些生命素質，至今不單未曾忘懷，反而年日愈久，體會愈深。

一

很多人讚賞恩佩胸襟廣博，具先知遠見，能適時捕捉時代脈搏——說得完全沒錯。她往往比別人早著先機，洞悉世事人情和社會問題的癥結，並願意挺身而出，為公義和美好的改變作戰，名副其實是個身體力行的社會改革者。她的敢言、堅持和付出，很具感染力，往往能影響身邊人也願意和她一起拚搏努力。在她帶領下，突破漸漸成為教會影響社會的一股前衛力量。

但我看見的，更是在這些聲音和行動背後的恩佩——那個在神面前恆常謙卑、順服和聆聽的恩佩。在零距離的細微觀察下，我發現她不是刻意去幹「大事」、不是刻意有所作為以建立突破的社會形象、不是努力突出自己的聲音以吸引他人跟隨注意，她只是單純地貼近神的心，以致會著緊神所著緊的，憂傷神所憂傷的，憐憫神所憐憫的，喜悅神所喜悅的。她常掛在口邊的禱告是：「神啊，我們能為這城市做什麼？」

曾有人建議早期的突破充當壓力團體，致力成為社會上一切不公不義的反對力量；恩佩倒沒有刻意這樣想，她只是單純地回應從上而來的感動與指引，用她細小羸弱的身軀以卵擊石，去做一些「講理性」的「正常人」不會去做的事。

恩佩這點特質，對我的影響非常重要，多年來一直提醒我：若要服侍人、為社會做點事，就要努力去做個貼近神心懷的人。神看重我做事的動機和用了多少愛去做，遠多於我為祂做了些什麼。

有人說，恩佩太單純了，若她活到今天，肯定難以適應當下這個瞬息萬變、複雜難測的社會。我的想法卻剛好相反，正正是這樣複雜的社會，才更加需要像恩佩這樣清心的人。今天，太多人喜歡做大事，為搞運動而搞運動，不擇手段也要達成某些目的，務求吸引眾人注意；可惜，多少事工是名副其實的「高大空」，多少事工是虛無的曇花一現！這等人往往還打著「社會改革」的高尚旗幟，神豈需要我們這樣服侍？其實，人要搞革命，必先讓神「革」他的「命」。

二

恩佩是個非常認真的基督追隨者，她對神的專一忠誠是罕見的。有一次，余達心向我說：「你可知道嗎？恩佩最叫我折服的地方，是她對生命的熱誠和執著。當大部分人都甘於庸庸碌碌地過活時，她卻不斷追求生命的素質。」我絕對同意，但我認為恩佩對生命的認真，是基於她對神的認真，明白到生命乃神所賜，故絕不能輕忽，務必要活得豐盛來榮耀祂。

恩佩向神委身，毫無保留。對她來說，為主的心意而犧牲、順服、捨己，不是偶一為之的事，乃是生命的常態。她的一生，堅持效法基督背十架的樣式，為了擁抱父神的心意，隨時放棄個人的意願和理想。這道理聽來簡單，卻需要人莫大的勇氣和毅力去實踐。

稍為認識恩佩的人都知道，她向來有個心願，就是找段時間放下《突破》的編務，專心從事閱讀和寫作。她坦言對繁瑣的編務無大興趣，自己更不是個行政人才；但我與她同工，卻眼見她天天放下個人意欲，心甘情願為編務忙碌，為培育一群作者和義工而盡心竭力，彷彿她的天職就是為了成全他人似的（無論那個「他人」是可愛還是極之麻煩），怎教我不敬佩感動？

從此我知道，好編輯必須放下自己、隱藏自己，當「寫」與「編」不能並存時，好編輯會處處以作者為先，珍惜作者，不斷給機會作者。外人只道早期突破培育了一大群編寫人才，卻鮮有人知道恩佩付出了巨大的代價——我自己就是她以眼淚和心血結出來的果子。其後我當編輯數十年，也是堅持以服侍作者、建立作者為己任，並常常提醒自己，當把作者利益放在個人利益之上。

如今，恩佩遠去，我在信仰路上尋尋覓覓、努力成長，隨著年日，越發領會向神順服捨己，乃信徒生命中極重要的品質。但順服捨己絕不容易，多少人海闊天空談理想，但一碰到事情與自己的意願相違，即時反應就是維護自己的心意。恩佩之所以能順服，因為她視神為她生命中至高的權威，是那位值得她為之生為之死的對象。她的心靈彷彿是個祭壇，她天天把自己獻在壇上。

如此跟隨基督，很多人覺得不能接受，太艱難了！不過想深一層，人若能在心中築起神聖祭壇，豈不也是一種幸福？這樣的人，有非常清晰、專注的目標，知道自己為什麼而活，知道生命中什麼重要、什麼不重要；不像茫茫人海中迷失的大多數，生命裡沒有重心，對他們來說，什麼都可以很重要，什麼都可以不重要，什麼都可以成為他們的主人，隨時勞役他們。

三

恩佩重視人，遠多於工作，這是人所共知的。她通過文字事奉和學生工作，影響人無數，很多人不單視她為教練、為導師，更視她為「生命師傅」。

如今我知道，教練易找，生命師傅難求。人所求於生命師傅的是什麼呢？豈不是高尚善良、公義正直、謙卑虛己的生命嗎？恩佩作為生命師傅十分成功，全因為她那敬主愛人、執著真理、捨己服侍的生命，有極強的感召力。她一生不是刻意追求成功，而是努力使自己成為神向人施慈愛的管道。

執筆至此，我腦海中浮現一個很強的意念：無論在哪個時代、哪個社會，神都在切切尋找祂能信任、重用的人。所以凡真心事奉的，都當讓主陶塑成為滿有基督生命、貼近神心意的人；只有這樣，才能成為神向世界施恩的器皿。說到底，神使用的是人，不是事工；推動天國進程的是人，不是組織架構；聖靈藉人不是計劃書來工作。惟獨生命影響生命，千古不變。基督豈不以祂捨己、慈愛的生命，來吸引萬人追隨嗎？思念恩佩，又再次提醒我——能為神作什麼，完全在乎自己是一個怎樣的人。我們的「所是」，比我們的「所有」，重要得多了！

恩佩姐，你比我更早認識我自己

/ 何慧雯

1974年九月的晚上，我接了一通電話，傳來是柔弱的聲音，邀請我加入《突破》雜誌編輯組的事工。當年我只是大學三年級的學生，籍籍無名，孤陋寡聞，絕非系出名門，加上生活圈子狹隘，實在不知道鼎鼎大名的蘇恩佩小姐為甚麼會找上我。也因為見的世面不多，甚至對自己的不配亦是遲鈍，我竟然傻兮兮地答允，作了一個對以後人生有莫大影響的決定。

開始出席參與，但經驗實在嚇人。和我一道開會的都是這個博士那個教授，對每個議題都侃侃而談，有專業和獨到的意見。每次開會前後的禱告時段，也因他們非常「屬靈」的表達和內容滔滔，令我自慚形穢，不敢發聲。可幸的是，我連向恩佩姐請辭的膽量也沒有，只是規規矩矩地每星期三出席這個我認為高攀不起的編輯會。翌年二月，我借故要準備畢業試，向恩佩姐告假。她表示諒解，並請我在試後歸隊。我唯唯諾諾，其實正想就此逃之夭夭，不再回頭。

畢業試過後，磨磨蹭蹭到暑假，接著展開我的工作生涯。心中始終想著有個未兑現的承諾，竟然不自量力地給恩佩姐電話銷假。她的聲音仍舊柔弱，卻是喜孜孜地告訴我期間編輯組的變化，並催促我早日復工。於是，我又自投羅網回到那令我自卑和戰兢的群組當中。

回去以後，編輯組又多了一些博士醫生牧師的人物。我繼續渾噩參與，扯三拉四地，常令言談舉止優雅無比的恩佩姐啼笑皆非。有一回我毛遂自薦，幫助編輯篩選外來投稿。誰料無知無禮自以為是的回覆，惹來投稿人反感投訴，連累恩佩姐要親自覆電回信處理和解釋。

我以為闖禍後將被請離場，不再錄用，恩佩姐卻又在一個夜涼如水的晚上給我電話，委以另一重任，邀我為一個極受讀者歡迎的專欄撰稿，當其固定的長期作者。我很是意外，問她：「為何你相信我能寫？你認識我有多少？」恩佩姐柔柔地說：「你可以的，我相信自己的眼光。我會找人幫助你。」

於是，我又傻兮兮地扛起了一個自己從不能想像可以達成的使命。結果專欄愈來愈受歡迎，我的自信和見識，在與其他編輯同工與義工的砥礪中亦逐漸建立。我寫的專欄完了一個，又有一個，都很受讀者愛戴；我的人生道路，也隨著每星期三編輯例會的互相琢磨，綻放多元燦爛。

往事如煙，卻又如此實在。我記得恩佩姐像少女一般對美善的渴求；我記得她為城市中年輕人的擔憂著緊；我記得在激烈的編輯組討論以外，還要應她的堅持一起到沙灘漫步和夜中賞月。我記得那些總在晚上十一時以後才接到的電話，雖傳來幽幽的歎息，卻帶著積極的行動意念。

我記得曾取笑她心愛的草黃色毛線帽子像「任劍輝落難」；我記得她捧著我媽媽用紫色雪紡廢料縫的絲巾那歡喜的模樣。她頻說：「看！這麼好的東西當廢布丟掉，多浪費！」我還記得第一次向她介紹我的男朋友，她先興奮地深呼吸一下，再向大男孩展露出那好奇又俏皮的笑容。

想起恩佩姐帶我們到她家看她的紫色房間和音樂床；想起她那看來平凡而弱不禁風的軀殼，卻盛載著偉大的抱負和普世的視野。我當然更想起當年獲悉恩佩姐離世時的慟哭，並與突破戰友們在天台為她燒掉她留下的日記和密件。

年初由於某些激動，重新閱讀輯錄了以前專欄文字的書本。書中的人和事都記得清楚，然而，我卻已認不出當年的自己。我記起這是恩佩姐離世的三十周年，我也不由想起主耶穌對拿但業說：「你在無花果樹底下，我就看見你了。」(約1：48) 恩佩姐，我好想你！你可能比我更早認識我自己！我從來不是你貼身貼心的夥伴或追隨者，但我知道你在我身上有期望，你曾為我下過工夫。你總沒忘記我這個淘氣和微小的丫頭，並且相信我可成就大事。

恩佩姐曾不止一次說：「我人生所有的力量和盼望來自我的信仰。若有人能確證推翻我所信的，我的人生必定全然坍塌。」恩佩姐，當然不會！年紀愈大，經歷愈多，越發體會上主的真實。我們的人生不能離開上帝，而上帝也總在左右，從沒離開我們。你現在天堂親見主面，當然更體會所信的絕非徒然。每次讀詩人大衛，都想起你。就是你這樣對上主完全信靠，與祂時常對話，情感上天天與上帝同行，方是祂最鍾愛的兒女。

恩佩姐，我以前未曾為意你對我的影響是如此的深。但願今天的我沒有辜負你當年培育之恩；但願因我仍然持守著對青少年和世界的熱愛、心中的感動，令你可在天堂欣然微笑。但願你愛主的楷模，對上帝全然信靠和與祂親密同行的典範，鼓勵我更緊靠上主，盡心愛祂，擁抱豐盛的人生。將來天堂復聚，再與你共訴恩典程途。

蘇恩佩的異彩芳菲

/ 吳思源

香港四、五十歲的專業或文職人士，多數在年輕時讀過《突破雜誌》；稍為年輕的，則多在唸中學時讀過《突破少年》。其實他們不單曾經是這兩份雜誌的讀者，回想起來也會説自己在思想和人生觀方面受過雜誌的影響。

為甚麼小小兩份雜誌，對整整兩個十年產生如此深遠的影響？《突破雜誌》創刊於七三年十二月，影響力最大是七十及八十年代。《突破少年》則誕生於七九年九月，其影響則由八十至九十年代初。以當時兩份雜誌每期最高銷量合共五萬多份計，讀者群最少有十多二十萬，以當時香港青少年人口一百餘萬計，估計最少五分之一曾經是這兩份雜誌的讀者。

蘇恩佩女士是這兩份雜誌的創辦人。回想那二十年，我除了有幸參與其中，扮演一個小小的腳色，同時也受恩於恩佩女士，因她的提攜和鼓勵，我在廿四歲時加入《突破雜誌》當編輯；兩年後她因身體欠佳，竟大膽擢升我做總編輯，我經驗尚淺，幸有何盛華及文蘭芳在編務上扶助我。往後幾年相繼有麥寶琳、何子江、許立中、梁家麟、林志成等先後加入，令《突破雜誌》成為香港基督教文字工作者成長的搖籃。

問及恩佩女士的領導風格，我想知人善任和樂於扶掖後進是她的最大特色。恩佩骨子裡是反傳統的，她用人甚少問甚麼資歷和學位，只在乎這個人是否真的有心和有潛質。

那時團隊中人有大學畢業的，也有半工讀科班出身的，更有只唸畢中學的，但只要有心有才，恩佩女士一定錄用，並且以生命來影響他們，凝聚成一個團隊。我唸大學時思想有點「左傾」，曾寫過一封信給恩佩女士批評《突破雜誌》的社會觸覺和批判不夠敏鋭，誰料恩佩百忙中竟好好保留這信，還不嫌我的稚嫩約我見面，語重深長的向我解釋她辦《突破雜誌》的理念和哲學。記得我們談到尾聲時，她輕輕的説了一句：「思源，你的見解和思想也許很有道理，但最重要的是要將它們活出來和寫出來，否則只是空話。」這一句説話至今日仍深嵌我心。

也許恩佩女士相信我具備文字工作的潛質，於是邀請我加入《突破》做義工編輯，後來我大學畢業，她更找我做全職的執行編輯。那是七九年二月一個陰冷的中午，她請我到尖沙咀山林道口的車厘哥夫餐廳，花了差不多三個小時和我吃一頓午飯，我永遠不能忘記她因為喉部曾接受手術，吃飯要一小口一小口的吃，但她一邊努力吃飯，一邊跟我談《突破》的異象與使命。一頓飯就好像一個培靈會，除了飽人口腹，更叫人的心靈得復興，決志踏上一條新路。

恩佩女士是奇女子，奇在她的個人生命，也奇在她的胸襟如此廣博、視野如此遼闊。她領導的不單是一兩份雜誌，更加是一個轟轟烈烈的文化運動。其實她是個徹底的革命型女子，三四十年前就提出抗衡文化、婦女解放、簡樸生活等。她是一位虔誠的基督徒，有深邃和篤定的信仰；但她同樣看到造物主上帝在不同人身上的恩寵，她領導下的雜誌常邀請基督教以外的人士寫稿。一九八四年我找周兆祥為《突破》撰寫環保專欄，他就如此形容《突破》：「你們雜誌像一個管弦樂團，讓不同的人演奏不同樂器，但奇妙的是那個指揮，他表面上好像任由樂手自由發揮，但其實在合奏出一首統一的樂章。」我想這還是恩佩女士所植根下來的傳統。

一九八二年，當我們新一代的《突破》編輯還是不到三十的小伙子，恩佩女士就離我們而去。她留下的是一顆單純的心、革命的心，和熱烈姿采的生命力。我們這群不知天高地厚的小伙子，有幸得在年輕時參與其中，的確是一份很大很大的福氣。

「我是屬於亞洲的」——記一位不尋常的輔導

/ 吳鯤生

很久很久以後，我才意識到自己不是端坐桌前，爬梳厚重巨著的那一型讀者。所謂「很久以後」，其實就是這幾年。(原來我還在「繼續」認識自己的過程中。)

可是，為什麼才第一次見面，恩佩姐就跟我說：「……哲學沒有你想像的那麼好唸……」

那時，我正準備休學，打算隔年轉組重新參加大專聯考。難道這位輔導有特別的穿透力，能洞悉陌生的學子？肯定不是。我想應該是她自己走過年少歲月，而且見過狂狷弟妹起起落落，這一些匯聚成她的智慧和洞察力。

像一座連接東西方的橋樑

智慧當然也和她的閱讀密切相關。很少人知道恩佩姐年輕時翻譯過慕安得烈的作品（《慕安得烈靈訓》，證道出版社1966年四月初版）。潘霍華著作最早的兩本中譯本《追隨基督》和《監獄書簡》，書前各有一篇她撰寫的前言（〈廉價的恩典〉及〈「獄中書簡」續論〉）。

「福音書房」（台灣教會聚會所副設機構）和「錫安堂出版社」都重視慕安得烈的作品，但這兩個文字機構大概不會欣賞潘霍華的思想。恩佩姐妹卻像希伯來書形容的，不但「進入幔內」，而且「出到營外」。

她可能是頭一個將賽艾梅（Amy Carmichael）的作品介紹給華人的譯者（1967年）。

之後又寫了〈靈魂的白皮書〉（1969年二月），告訴我們哈瑪紹（Dag Hammarskjold前聯合國秘書長）的生平，並翻譯哈氏札記《痕》的部分章節。

這一回，中文版《讀者文摘》的動作比恩佩姐要早。《讀者文摘》中文版創刊於1965年三月，同年五月號即刊出〈隨筆：哈瑪紹的日記〉一文，不過一共只有三頁。

很難想像恩佩姐是怎麼運用時間的。她和大伙兒一樣，每天只有二十四小時，除了安靜靈修、編刊物、輔導學生、寫稿、廣泛閱讀……而且，她身上一直帶著不算輕的病症。

一把火燒向《校園》雜誌

1967年九月，蘇恩佩三個字出現在該期《校園團契雜誌》版權頁上，與林靜芝共同署名擔任編輯。同年年底該刊宣佈「停止贈閱」，自次年（1968）起改為付費訂閱制。

隔一年（1969年），《校園團契》雜誌易名為《校園》。同年，《校園》刊出一份「推介書目」，列舉一百種好書，成為當時的基督徒學生的閱讀指南。

四十多年之後，許多教會刊物從訂閱改為贈閱，而《校園》依舊採取付費訂閱的制度。「訂閱」的路並不好走，當年《校園團契》「本刊徵求長期訂戶啟事」是這麼說的：「我們必須勇敢地接受一份成熟的刊物所必受的考驗。」

比「訂閱制」、「刊名」更關鍵的是，恩佩姐在台灣的時間總共才三年多，卻把《校園》從一本學生見證刊物轉型成回應時代的大眾化知識型刊物。

有時我好奇的想，當年如果沒有這一把變革、升級的火，今天《校園》不知是甚麼面貌？

1966年夏，恩佩姐從美國惠頓學院畢業，七月二十二日她寫了一封信給朋友，其中一段說：「八月五日我就離開惠頓校園，乘機西行。約九月初返港，十月間又將驪歌重唱，踏上新的征途。這一次是台灣。訝異嗎？三年前——甚至一多年前——連我自己也沒夢到呢。可是我早告訴你們：我是屬於亞洲的。」

恩佩姐的人生智慧從哪裡來？不僅因為她廣泛擷取古今聖徒的思想結晶，不僅是坎坷一生淬練，同時是那股不忍拋離亞洲大地的熱量烘焙醞釀成的。

她信守了向上主的承諾，而亞洲，因為她得到如甘霖般的祝福。

小粉絲對蘇恩佩姊妹的誌念

/ 梁家麟

我其實是沒有資格談蘇恩佩姊妹的，我是她的小晚輩，或說是她的忠實粉絲加學生。對她個人認識原來不深，認識較多是在她逝世後讀她的傳記和文集。這裡只能分享一下她對我的造就和影響。

認識「恩佩姐」（她跟我也這樣自稱）自然是與《突破》有關的。先是在1976年三月間，中六課程快完結的時候，一位基督徒老師介紹我們閱讀《突破》，並在班上分派贈閱本。我唸的不是基督教學校，跟這位老師也不熟稔；卻是因她的緣故才知道有這份雜誌，且得以拜讀某期。該期的內容我忘記了，卻在考完大學入學試，在家裡撿起雜誌，得知六月底舉行「第一屆突破讀者營」。報名期限已過，姑且致電查詢，竟然還接受報名。在讀者營裡我再度決志，[1]既認識耶穌基督，也幸會一眾早期的突破

1 1975年11月我在「葛培理佈道大會」已第一次決志，並蒙大會安排，在離家不遠的教會聚會。兩個月後，因預備大學入學試或其他甚麼理由，不再上教會。試後，時間較充裕，希望對信仰有較深入的了解，便主動報名參加「突破讀者營」。

人，包括恩佩姐在內。翌年第二屆讀者營，我應邀前往作見證。兩屆營會的地點都在大嶼山的衛理園。

再度決志，重回教會，參加慕道班，並在九月接受浸禮，此時剛好入讀中文大學。可以說，我的信仰追求和教會生活，都是在大學生涯開始的。我參加了大學學生福音團契文字小組，與另外十五位弟兄姊妹籌辦一份福音報紙。由於要接受編務訓練，乃邀請各專業前輩幫忙；這些前輩也不嫌馬料水的路途遙遠，專程在下班後到學校給我們講解，還沒有車馬費哩。恩佩姐前來給我們講授文字事工的異象與實踐。

她知道我參與文字事奉，非常高興，常常給我提點指導。有兩次打電話給我，告知她即將在浸會學院和理工學院講文字事工，其中有些新觀點，著我前往聆聽學習。她又曾著意邀我跟香港大學一位弟兄鄭志樑，一起到突破她那擺了木箱的小辦公室，聽她分享文字工作者的素養，並了解她的具體工作。我也寫過幾篇稿給她過目，其後她約我在窩打老道一間餐廳見面，將圈評好的稿子發還，跟我討論當中的瑕疵弊病，又把早年出版的小書《只有祝福》送給我，說這是她最喜愛的作品。

恩佩姐雖然工作繁忙，身體狀況不佳，卻非常願意花時間心力在建立人的生命上。她的細緻關懷、耐心講解，對人有情、有信、有盼望，給我這個黃毛小子留下極深印象。她很喜歡給人卡片和小紙條，寫下片言隻語鼓勵。有幸收存了幾張，其中一張便與前述片段有關：「家麟：一直都想寫信給你，後來又接到你的信和稿子。實在每次想到你對文字工作的熱情和負擔，心裡總暖烘烘的……給我很大的激勵。你明天（30日）真的會去浸會聽我講嗎？（在新的宣教大樓。）我最近有新的體會，所以明天的重點應該和前幾次完全不同。若你去，會想請你吃飯詳談。OK。恩佩姐。29/3」

跟恩佩姐相差最少兩代，在她跟前是個小晚輩，雖然初生之犢常常語出狂妄，卻不敢攀附為她的朋友。我不算認識她，沒曾進入她的內心世界，交談的內容除了文字工作以外，便是我在生活裡的遭遇。這個關懷是單向的，正如我從未請過她吃飯一樣。我視恩佩姐為生命裡的屬靈導師，一位善於扶拔後進的長者，也是我所崇敬的對象。

我最感謝主的是，在我信主後不久，便遇上了好些屬靈前輩，他們都成了我敬佩和矢志效法的對象，當中有「工業福音團契」的陳天祥先生和一眾義工，[2]「學生福音團契」和突破的前輩，恩佩姐是其中最重要的一位。他們對我的成長，起了重要的啟蒙作用，不僅正面地鼓勵我追求和效法，也負面地抑制了我心中的狂傲。

2 我在工業福音團契當了數年非常忠心的義工，並在那裡認識了我的太太和許多同工、義工。工福是繼突破和學生福音團契以後，另一個塑造我生命甚多的福音機構。

年少氣盛的我，對人對己都有很高的要求，對現實也常懷不滿，自覺很容易變成犬儒式的批判者，袖手旁觀，只說不做，永遠說否定的話，有破壞沒建設。認識了恩佩姐他們，發現他們的學識與經驗都遠較我豐富，對現實存在的種種問題也了解得比我深，但他們仍能沉住氣，謙卑地在教會和社會做實事。哪我算甚麼，還可以厚顏無恥地指點江山，宣告現實無可救藥嗎？

我自勉就算激進（radical），卻一定不要變得犬儒（cynical），永遠對上帝有盼望，對人（特別是後進）有期望。再具體地說，相信基督（是人間唯一拯救與盼望），相信福音（有改變生命的能力），相信教會（是上帝繼續使用來實踐祂使命的工具）。

回想自己長期忠心地在工福和晨曦島做義工，也在自己不到百人的小堂會帶領兩個團契、當執事會副主席，從不輕看任何一個小子，做踏實的探訪聊天；並且，儘可能迴避一切光喊口號的聚會和事工，寧可缺席大型聚會，專心做微小實事，數十年來皆如是。人們可以批評我不合群，但我想沒有人懷疑我懶惰，關鍵在於時間投放的取捨而已。恩佩姐給我樹立的，正好是這個榜樣。

恩佩姐給我的印象，是溫柔秀氣，不徐不疾，生活有品味和趣味，對細節執著有要求。因著治療的後遺症，她說話聲音不大，也說得不快，卻

簡明直截，從不含糊隱瞞。單單跟她相處一兩次，都叫人印象難忘：眼前是一位纖巧弱小、充滿布爾喬亞情調的小姊妹，你無法想像她竟然對西方近代神學知之甚深，特別對潘霍華情有獨鍾；你也無法想像她對本土城市的墮落有極深的悲愴，且在七十年代已敢於批評教會中產化和自義。跟恩佩姐相處的時間不算長，並集中在她最後的數年，無法整合出她成長的故事，只能一下子捕捉幾個貌似矛盾衝突的面相。

已記不起得知她離世的即時反應。與女友參加了恩佩姐的安息禮拜，在陳以誠醫生的歌聲裡，我獻上對我而言很大的奉獻：一是為了以她名義成立的基金，另一是我自己。82年九月，在《突破》雜誌開始全職事奉生涯。進入突破，便認識長期由所她賦形的「突破精神」。不過，細節容後有機會再整理分享。

我不會說很懷念恩佩姐，因為知道有一天會到她現處的地方，接受主的檢閱。如今我便得好好預備。

2012年5月23日

仍然深刻

/ 梁慧賢

恩佩去世前半年，我兼任了她的助理，除了《突破》雜誌的編輯工作，還要打點她的大小事務。這段日子，留下深刻印象的，是她對工作的熱誠及對人的接納。她是一個從不擺架子的人，對當時混沌初開的我，她總是不斷的鼓勵和提醒，她對人處事的態度成為我日後的楷模。後期她住進了醫院，我曾代她出席會議，到醫院向她匯報。她在世上最後的一段日子，在病床上仍然細水長流地做著編輯、栽培的工作，沒有因身體的狀況而把工作停下來。

恩佩是一個絕對唯美的人，有她的執著，總是鍥而不捨地把要做的事情做好。她個子瘦小、聲音輕柔，但有很強的意志力。對當年仍是黃毛丫頭的我，她是一個無懼死亡的勇者，屢敗屢戰。雖然理性上一直都知道她離死亡很近，但沒有想過她真的會死去！她突然離世給我帶來頗大的震撼，我著實地經歷死亡所帶來的傷痛。

愈美麗的生命，要承受的陰暗面便愈大。後來我去了美國讀臨床心理學，對人性的了解愈深，愈明白恩佩背負的擔子，以及為實踐她的信念、理想而付上的代價。她不是沒有遺憾，生命對她來說既是恩典也是詛咒。但她選擇了默然承擔，擇善而固執；她的堅持，成為我一個很重要的原動力。晃眼三十年過去了，而我也踏上了知天命之年，回望前塵，再次細味恩佩留下來的生命印記，仍然深刻，仍然動人心弦！

不滅的燭光 不朽的傳奇

/ 陳佐堅

恩佩姐：

我認識您和與您交往，已經是三十多年前的事了，但每當回憶起來，卻又彷如昨天發生的事情，歷歷在目。不過，當要將這些事情記寫下來，卻又不知該從何說起。

前幾天晚上，我不知道為何哼起了Elton John的“Candle in the Wind”，但當我去思想其中的一些歌詞時，原來正正反響了我的一些相同而又不盡相同的心情。

還記得那些年；我是一個什麼都不懂的年輕人，剛剛進入大專，懷著一腔熱忱，滿以為曾經在教會中擔任過一些文書的工作，便毛遂自薦，加入剛剛創辦的《突破雜誌》，參與編輯組的工作。

您當然深知道我的無知，但您並沒有拒絕我。您成為了我的導師，教我學會了做「出版編輯」的工作。我跟隨您進出印刷公司，聯絡雜誌付印的工作。因著這個崗位，我也有機會參與設計組的工作，接觸和學會了不少出版設計的技巧，在我以後參與別的出版工作時至為管用。

我深刻的記得，那一次在印刷廠，正與印刷技術人員交代付印稿件的時候，需要找膠貼來固定某些文稿，我自然地伸手在一個膠貼座上取膠貼，誰知上面的齒狀鋸片竟換上了鋒利的刀片，我的拇指被割了一大塊肉。您不慌不忙地為我臨時包紮傷口，並即時放下手頭的工作，立即把我由鰂魚涌送到播道醫院，由醫護人員為我處理傷口。我深深感受您的愛護。

在您引導和鼓勵之下，我撰寫了第一篇在《突破雜誌》發表的文章和隨後的訪問文章等。

您在我的人生大事上，給了我寶貴的忠告；在婚禮上為我們彈鋼琴。還記得您的身體是柔弱的，但所彈奏出的每一個音符都是那麼有力和動聽；謝謝您！

您在我心中是「不滅的燭光，不朽的傳奇」。

"Your candle never burned out and your legend lives on."

佐堅

另一個祝福

/ 陳盛煊

上帝啊！求賜我寧靜以接受我所不能改變的事情；勇氣以改變我所能改變的；智慧以分辨這兩者之間的區別。

——美國的神學家尼布爾（Karl Paul Reinhold Niebuhr）

若果哭泣可以表示一個人的感動……

今午由北醫回來，剛巧收到十二月份的《校園》雜誌。我含著淚看完了蘇恩佩姊所寫〈仍是祝福〉一文，The Singing Nun清新虔誠的聲音，似乎又從另一個迥異的角落飄送過來，我想起了蘇恩佩姊，我不是悲傷，不為她悲傷，只是心中充滿著另一種無名的感受；愛和虔誠，當我們也面對和接受。

我記得那是另一次的北醫團契同工會，我們在校園團契輔導蘇姊金門街三樓的那個家裡，The singing nun的歌聲彷彿許多天使的讚美，因此屋內就滿了讚美的共鳴。

我坐在小沙發上，翻著蘇姊的相簿。此時，我閉起了眼似乎仍可以看見一個弱小的女子，迎著海風，依著船遠望海的遠處，她的眼神是如此的深沉，尤如遠望一海的理想和希望，或者是另一個起步和漂泊。而許多的歡笑和經歷，尤如生命的銀馬車，載滿祝福。我可以呼吸到一個少女對生命特有的欣喜。

而今，蘇姊在許多人的關切和禱告裡回香港的家去了，單獨面對另一種生命的挑戰，也許有一天我們也一樣要如此的面對。真的，我常想有一天，我們怎能有如此的勇氣去接受，當我們必須踏上一條死蔭的幽谷。而我的感動只為了她——我們敬愛的蘇姊，在我們的想像中，只配和花和歌和美、和許多的歡笑同遊的女孩子，竟靠著許多的愛和祝福、虔誠與確信，有勇氣去面對不能改變的事實。

我又想起了海，想起了迎風飛舞的神采，沉思的雙眼，夠小的身體，迎著海，迎著浪，迎著風，迎著必須面對的艱難和勇氣。

當我們不再希求，這世界一切的夢想。當我們必須單獨的步上，也許是生命的終站。我們所要的不再是雲彩，不再是論點或超越，不再是知識和抱負。而是愛，一點丁兒誠樸的關切和祝福。

我覺得自己比不上在醫院內穿白衣黑褲的阿嫂，那個六十多歲的女護佐。在一個只知一位慈愛的天父的鄉下人的面前，我的知識與理論竟是那般的貧乏。比起她我知道我沒有能力給一個病人更大的安慰和鼓勵。她純一的信心和愛心，是給一個病人最大的扶持和祝福。

『一個基督徒身上帶著「死」而活，的確是一種祝福』，蘇姊的話將成為我們每一個醫學生的反省。也許我們看過《一息尚存》那本書，描寫杜里醫師在自己得了絕症之後，仍把他全部的生命獻給寮國山區的病患。而我們不也是一息尚存嗎？是否我們計算過，我們仍想到過，我們是帶著「死」活著。

冬天來了，北風吹響一串串風鈴的叮噹。而修女們讚美的歌聲仍震盪著心靈的深處。蘇姊，願我們的祝福與禱告，溫暖您一個嚴冬的寒夜。

(台北醫學院 醫學系63年畢業生陳盛煊
本文曾刊載於北醫團契內部通訊《拇指山下》：1971.01.)

後記：

最近收到台北校園團契編輯同工的傳真，才知道我們北醫團契早期的輔導蘇恩佩姊妹已安息主懷三十年了，時間真的過的很快，和蘇姐相處的日子歷歷在目，彷彿是昨日。

記得蘇姐由美國來到台灣校園團契擔任輔導那段時期，北醫團契應該是她第一個協助的學生團契，當時我擔任團契主席，而團契同工會也常在她的家中舉行，因此當時也有不少的互動。

記得當時蘇姐說話的聲音輕輕的，有點低沉和沙啞，後來才知道她是甲狀腺癌開過刀，而且她在神的呼召下由美國回到台灣。蘇姐是一位作家，她的《仄徑》一書給了我們極大的感動。包括蘇姐在內，當時我們對校園團契的輔導都相當的敬佩。他們的愛心、耐心和信心也常是我們效法的對象。

1970年十二月號的《校園團契》雜誌，刊載了蘇恩佩姊妹所寫的〈仍是祝福〉一文，當時看完有感而發，因此，就在北醫通訊《拇指山下》寫了〈另一個祝福〉以回應蘇姐為主擺上，帶著死而活著的感動。

已經三十年了嗎？願蘇姐安息，願她對上帝、對學生的愛永遠長存。

2012/7/12

恩師——恩佩

/ 麥寶琳

十年前的一天，我們一群好朋友辦了一個小小的聚會，記念恩佩姐逝世二十周年。那天下午，我們相聚分享了恩佩姐在我們心中烙下的軌跡。事後，我記下了下面一段文字：

> 輪到我了，我想了又想：烙印最深還是她心中的一把火，是這一把火推動了一個柔弱的軀體，面對四方八面的逆流、困境，依然堅持為青少年付出、燃燒，至死方休。
>
> 那時恩佩姐在街上看見少年人流離無助，雖然自己已經很忙，身體非常軟弱，她依然展開了《突破少年》的工作。她洞察少年人的需要，很知道自己要作甚麼來回應。她心裡有火的熱忱，擦亮我心刻印至深，於今不滅。
>
> 思念恩佩姐，無可避免就想起《突破》。八十年代初，我曾經

短短在突破工作過一段日子；那是恩佩姐人生路最後的一段。因著她的吸引，我進了突破當編輯。那時我是個「初信」的，沒有閱讀《突破》的習慣，因此也不曾在編輯部當過義務編輯——據說這是投身《突破》當編輯的木人巷。

當時恩佩姐要找人代她寫藝術欄，不知為甚麼想起我。我只知每次同她聽音樂會、看畫展，都是賞心樂事。有一夜，我們在大會堂聽音樂，完了，她發覺不見了身分證，漏夜二人還奔跑到尖沙嘴警察局報失，辦手續。

回想起來，當同工並不是那麼好玩的，因為自此我與恩佩姐同遊玩同消閒的活動沒有了，有的只是公事接觸、開會、退修等——這些於我都不是賞心樂事。而我發覺，恩佩姐真是好忙的。其實就《突破》整體來説，編輯並非她的工作，她要負責反而是許多行政、對外、推廣，甚至是財務——總之她在忙甚麼我不大了解，只知道自此我在辦工室見不到她，因為我們在不同地方上班。

我開始有點惘然若失，也思想為甚麼她要聘請我。記憶裡當時的總編輯思源好像曾經提過，是因為我夠反叛。我反叛？我自己也不知道。只記得那時我留了很長的頭髮，恩佩姐每次見我都會說我頭髮好看。我心裡嘀咕、嫌煩，竟然跑去把頭髮剪了。這是不是反叛呢？我也不知道！

我是不是反叛如今想來也不重要。反叛而被一個作風嚴謹的機構的領導人認為是珍貴的素質，這一點卻是值得思考——也可見其人的眼界，膽量與識見非比尋常。

如今又過了十年，自己人生階段又迂迴走過了不少幽徑深谷，包括母親的離世，陪伴孩子走過深淵黑洞的少年尋索「叛逆」期。痛定思過，可以更客觀地觸摸內心那個被人認作反叛的女孩，因此也幫助我處理孩子和他們同輩所面臨的現實，更合乎中道，情理兼備。

我也明白，有時處理人生事情，千絲萬縷，眾說紛紛，內因外因兼備，剪不斷，理還亂；而我相信，核心，還是最內在心的問題。有句話，「心細如塵」。心的問題，不能處處講大道理、硬規條。這樣，去向錯了，愈走愈遠。

像我，為甚麼忽然想通了自己的「反叛」問題而回轉呢？其實可由頭髮這微塵一般的往事找到線索。

我不喜歡頭髮美麗被人稱讚嗎？有那個女子不喜歡自己有漂亮的儀容

呢？但當時為甚麼我反叛得不惜把長頭髮剪了？難道自己不惋惜嗎？說穿了其實簡單不過。恩佩姊對我來說，除了是師長，也是一位可以交心的心靈精神導師。我初認識她時，就是被這樣一種靈交關係吸引的。我喜歡甚至享受跟她談文說藝，觸碰心靈。

一旦進了突破，這種自由遼闊悠閒的空間被困鎖在一個機構的框框下，我頓時感到惘然若失。因此當每次匆匆見面都止於「你的頭髮好美」，於我當時一個極渴慕心的觸碰，非常自我淺狹的女孩，單單有人（或者是恩佩姐這樣的超凡人物）對我外表頭髮衣著甚至寫作能力的欣賞接納是不夠的；我其實引頸以待的，是我們可以好好坐下來，有足夠空間讓我閱讀她心靈的美，也從而讓她引發我內裡被人忽視的（至少當時自己這樣認為！）心靈的美。執著這偏差自我的觀點角度，我當然錯過了這位恩師，通過生命向我展示的影響和引導，好像她常常在編輯會討論時，認真而語重心長地問我：「寶琳，這問題你有甚麼屬靈洞察（insight）呢？」

這樣的提問，簡單，卻帶著估計不到千鈞的力量，潛然默化至靈魂深處，把我內裡從未發掘的屬靈觸覺，無聲無色地喚醒過來，也引發我啟動感性以外的思維，深入思考信仰和《聖經》的奧祕。

當時，恩佩姐儘管沒有閒暇坐下來和我談心說道，卻是不著一墨，默默地通過每一次的接觸，以言、行在我生命中撒下了好種。我入職不足幾個月，又是一個「新信的」，她竟然大膽放手讓我寫一個叫「天上人間」探討信仰的專欄。這顆種子，終於在多年之後，同樣在毫無神學教育的訓練下，讓我大膽試寫了《靈修小廚》這樣專注於《聖經》和靈修的一本書。

此刻人已到了知命之年，默然回想，原來我們生命道路上遇到的好多人，都是天父適時差來的使者和老師，以生命影響生命，在我們內裡扮演不同的角色；有時鬆土，有時栽種，有時澆灌，有時醫治，有時釋放，甚至有時通過碰壁衝擊，把我們內裡的潛力優質引發、啟動，以致可以在天父大能的恩手下不斷成長、開花、結果、執行天國的義務，互相效力，讓父的旨意達成。

我腦海有這樣一個片段：一次，恩佩姐在她的小小辦公室裡，帶領我們幾個編輯作門徒訓練。忽然她要我們思想一個問題，就是心裡有甚麼遠景夢想希望達成。電光石火那刻，出現在我心裡的竟然是在家中接待小孩，成立一個小小喜樂的團契！分享時當眾人的理想都鏗鏘有力，擲地有聲，我這樣一個小兒科的夢想的確是有點反高潮的。

甚麼樣的領導人，可以好像一個手術高超的醫生，如此精確中的把一個埋藏心底若隱若現甚至連當事人也不太自知的想望剖開！我只知道，要一個年輕人，願意在人前赤心坦露，把心底率性，讓人覺得胸無大志，甚至輕看的願望說出來，是需要一個溫暖、安全，如思源所說的沃土才可以的。

資深編輯何盛華曾說：「當我初出道文字工作的時候，恩佩是我的上司，也是我的恩師。這種想法，是在我比較長大成熟後才覺察。她用了很大的耐性和胸襟來包容我，給我各種機會去嘗試。今天，我也用同樣的態度去看待我的同工，並視此為最有意義的服侍。」

如果時光可以倒流，讓生命回帶，我一定會在恩佩姐有生之年留住長髮，接納自己猶如她欣賞我的內在和外表一般。

美麗的創意人生

/ 趙孟準

「……我踏著細沙，在海邊走過，晚風中心裡聽你聲。聽颼颼海風，在寧靜細語低訴；眺望濤濤海波，在無言默默宣告。主浩大能力，海天皆響應，每一刻變幻，亦在祢的旨意裡。」

這是我在〈神！祢在掌管〉一曲裡寫的歌詞，帶點蘇恩佩feel，相信會是她喜歡的意境。寫的時候，雖然她已經不在，或多或少都是受著她的啟迪，繪畫出那意境來。早前在紀念她的生命反思會上，把這首歌唱奏，是特別向她致意的。

我是因參加《突破》早期的編輯組而認識恩佩的。她對年輕一輩編輯的栽培，實在用心。有一次她帶著我們一眾編輯組員，工餘晚上跑到海邊沙灘退修（或進修）；圍圈而坐，在寧靜的環境中，讓各人閉上眼靜聽各種不同的聲音。以為寂靜，大家竟出奇地數出十多種聲音來，包括浪退浪湧聲、風聲颯颯、樹葉沙沙、鳥叫、蟲鳴、犬吠、人語、歌聲、吉他琴音，還有收音機聲浪、汽車行走、船鳴笛聲等。

其實她要我們學習細察聆聽，從周遭事物，找出端倪。從事創作或編輯的人，需有敏鋭的觸覺，留意身邊的事物，才不會和社會脱節，更能拿捏時代的脈搏，寫出這一代的心聲。我對這細意觀察的一課，印象深刻；對日後創作，不無裨益。

還記得加入編輯組前以Simon & Garfunkel的“Sound of Silence”入文，道出那年代人的冷漠和無奈，似乎甚合她心意，「合格」進入編輯組。又不知怎的竟得她信任，讓我在雜誌寫專欄，共十三篇，後輯而成書，還得了獎項，令我甚得鼓舞。及後我還填起詞來，其中較流行的一首〈無言者〉，就是取材自“Sound of Silence”的。在編輯方面，我後來也編了好幾本醫學書冊。這些創作的動機和動力，可以説都是由恩佩栽種，後來萌芽的。

我對恩佩創作的熱誠，十分信服。她相信人的創作本能和動力，原從創造天地萬物的神而來，因為人本是按著神的形像而造的。她熱衷的創作，不單是文字寫作，還涉獵藝術，如話劇、音樂、舞蹈、繪畫、設計等。這些方面，想我也受到一點感染。

雖然我並非業從寫作和藝術，這幾十年，卻對音樂和藝術的興趣濃厚，欣賞之餘，還參與推動，且樂在其中。除醉心不同名家的古典音樂外，還喜歡現代的流行作品；不單喜歡電影，也愛看話劇、舞蹈、多媒體的創作；雖不懂繪畫、雕刻，卻又喜歡看書畫和雕塑，中外古今皆可。這些對創意的喜好，這幾十年帶給我不少欣賞的樂趣。

恩佩對信仰的表達，是多方面的，也包括利用音樂、藝術，來探討社會的問題。劇作和晚會如《春分之後》、《枯骨的復活》、《突破之夜》，都觸碰到不少青年人的心靈，亦招聚了不少喜愛藝術和音樂人參與。這些大型活動，有助促使「突破」開展，於幾年間「運動」成形。

及後，突破專注文字、影音、輔導、青年工作，而音樂便分支出來，由「香港基督徒音樂協會」開拓發展，致力推動本土音樂創作，成了本土詩歌運動的始創者；而我亦參與其間凡幾十年，並創作不斷。三十年前，恩佩以文字創作、普及藝術、流行音樂，來探討時代問題，在當時可謂相當創新，除吸引不少喜好此道的信徒外，也誘發了基督教本土文化的發展。

恩佩的一生，充滿使命感，對時代的承擔，令人欽佩。她全身投入的回應，固然是對信仰的堅持與實踐使然；然而流在她血脈裡的創意，想也在推動著她，務求在信仰、人生中，探索找出新路向。《前哨》、《突破》、《突破少年》都是她回應時代的需要而創立的。她弱質纖纖，承擔著沉重的使命，工作超重，勞苦之餘，還投入文字和戲劇的創作，想精神和靈性是滿足的，驅使她樂此不疲。上帝賦予她的創意，發揮在她生命各個層面，不單文字、編輯、戲劇、藝術，甚至信仰、人生亦然。多人受到感染，不自覺間也作出一樣的追尋。她致力真、善、美的追求，一生美麗具創意，時至今日，還是叫人懷念。

寫於3.7.2012

One Day When We Were Young

/ 趙德麟

考進「突破」

「突破」成立於七十年代，作為一個青年福音機構，迫切需要大量義工參與，但恩佩姊妹招募義工的方法，真是別具一格。

1974年我從英國修業完畢返港，由於是在外地信主，所以在港認識的弟兄姊妹不多，有點舉目無親的感覺。縱然心中很渴望服侍主，卻不知道可以做甚麼。有一次，我往「中國神學研究院」探望一位講師，他告知有《突破》這麼一份雜誌，當時正籌劃一個有關「環境污染」的特輯。因這與我所唸的學科有關，他鼓勵我參與，並說可以介紹總編輯恩佩給我認識。恩佩很快就接觸我了，約我到她的辦公室見面。言談間她忽然問我一個問題：「你有沒有看過C. S. Lewis（魯益師）的童話故事？」我說沒有，她就要求我找一些來看，然後給她寫讀書報告。

當時我答允嘗試，並不知道Lewis的童話故事原來有多本，每本都是厚厚的著作。跟著的數個星期，我每天工餘和週末假日都不斷閱讀、寫作，終於完成了幾個閱讀報告。大約過了一星期，她通知我可以參加逢星期三晚上舉行的編輯例會；但我還須通過試用期，才能成為正式的義工編輯。

我與恩佩首次交鋒就領教她的嚴謹認真——世上豈有這樣招募義工的？不過，這樣也好，讓我清楚知道，當《突破》的義工編輯，絕對不可以鬧著玩的。

嫁入豪門

初加入編輯會，我真有「小家碧玉」嫁入豪門的感覺。我不斷問自己：「我是誰啊？為甚麼竟會坐到這裡來？」

在早期的義工編輯群中，最缺乏文字工作經驗、最不善寫作的，肯定是我。我是唸理科出身的，自問思想死板，甚麼都是講理據，黑就是黑，白就是白，對抽象思維不善把握。初期開編輯會，我整個人都嚇傻了，只見那些阿哥阿姐滔滔不絕，我連跟都跟不上，哪有答嘴的份兒？

可幸恩佩嚴謹中有慈愛，她似乎很明白我，表現體恤。她肯定不是一個精打細算的人，因此願花時間、心思在我這個呆頭呆腦的人身上。坦白說，她有多少回報或根本有沒有回報，真是天曉得！但她彷彿從不擔心自己有限的寶貴資源會白費或血本無歸，依然委我重任，讓我策劃特輯，又給我開設專欄——〈科學趣談〉，讓我擔大旗做作者。得她如此鼓勵、器重，我怎會不珍惜？

不過，最教我難忘的，還是她給眾編輯的培訓。恩佩極具遠見，早在數十年前，已經不斷強調培育文字人才的重要；但她永遠不會滿足於那些「編輯訓練班四講」或兩夜三日的「作者訓練營」。她所重視的，是長期的建立——啟發他的思想、挑起他對主對人的熱誠、擴濶他的胸襟視野、加強他承擔的勇氣和能力。這樣的培訓目標，只有通過長期的生命交流和工作實戰才能達成。

為此，恩佩甘願花大量精神時間在同工、義工編輯身上。不單每週和我們開會，引導大家一起認真探索社會、人生、信仰和生活各方面的課題，還鼓勵眾人把思想化為文字和行動，與青年人分享；而她個人對香港這個城市的關懷和承擔，更是火熱了我們的心。難怪大家常常和她開玩笑說，每週一次的例會不是編輯會，而是培靈會。我這小子，當然不後悔自投羅網，跌入恩佩的股掌——付出雖然辛苦，收穫挺豐富。

恩佩的生命素質和道行雖然遠比我們高超，她卻樂意與我等親近。她信任我們，勇敢、主動地向我們敞開自己；同時又溫柔、耐心地探進我們的世界。她愛與我們一起細味生活，不是帶眾人到松林中靜坐，聆聽松濤；就是領我們到海邊細聽浪濤拍岸，在沙灘上觀星，在晨曦中看日出。她視這些為屬靈操練，學習與神及祂所創造的大自然連繫，在安靜中聆聽、觀察和禱告。這些屬靈操練給我開竅，叫我一生從中獲益不淺。

光榮謝幕

偉大的使徒保羅曾說：「我們成了一台戲，給世人和天使觀看。」（林前四9）恩佩在台上演得出色，但戲總會落幕。她在離世之前，有一段時間進出瑪麗醫院，我不時前往探望，有機會和她詳談。她人在病床上，心仍念著「突破」，更關心在這個城市裡生活的人。有一次，她興奮地與我分享她早前和一群新蒲崗工人查《聖經》的體會，那時剛巧她的主診醫生帶著一群實習醫生巡視經過，那位基督徒教授指著恩佩向她的學生說：「她不是一個病例，而是一個奇蹟。她長期帶病在身，卻從事極之繁重和有意義的工作。」

另一次，一向關心教會的恩佩和我談到教會不該自困，而應當突破四面高牆，走進社會，關懷群眾。她渴望本地能有一本為信徒而辦的雜誌，來推廣這個異象。望著這個虛弱、不能久活的病人，我真不知該說甚麼才好；只稀奇這個瘦小的身軀，包裹著的心靈到底有多寬廣！我覺得自己不是在探病，而是在把握機會，向恩佩學習生命教育最後的幾堂課。太精彩了，我不禁在心中鼓掌，看著她優雅地在台上光榮謝幕。

恩佩離世後，我們幾個離任的義工編輯，合力創辦了《吶喊》雜誌，作一道橋樑，向教會說話。辦雜誌很不容易，幾個人出錢出力，筋疲力竭；但甘之如飴：因為眾人非常認同恩佩這個遺願，視之為對教會、社會應有的一份承擔。

我們這群「元老」編輯，當年多是大學剛畢業的青年人，如今大都走過成家立室、養兒育女的人生階段。不過，就是到了連子女也出來社會工作的今天，我們眾人仍然經常見面。恩佩令我們明白，連繫是基於愛，關係乃出於真誠。藉突破和恩佩建立的情誼，怎不教我們好好珍惜！

亦師亦姐——懷念蘇恩佩姐妹

/ 劉昭瀛

「台灣校園團契」的總部座落於台北市公館台灣大學對面，舊的建築是日式二層樓的房子；樓上有辦公室和閱覽室，樓下是聚會的地方，經常在那裡進出的，除了團契的傳道人和行政同工之外，就是附近台大、景美女中的學生和畢業生團契的哥哥姐姐。

1968年我在台大讀書，家住新竹，交通不方便，租屋在學校附近，只有逢年過節才回家。大學二年級開始，除了上課，我成天待在團契的閱覽室。在那裡，最常見的團契同工是周神助、鄭昌國和蘇恩佩。他們的言行深烙我心，成了我的榜樣。因為羨慕，也想大學畢業後跟他們一樣，走上全職事奉的道路。

有一天周神助和鄭昌國來找我，他們看我喜歡音樂，也曾是詩班指揮，希望我編輯《校園詩歌》第二集。接手之後，我更是以校園團契為家，放寒假了，人都走光，我還和幾個志同道合的學生留在那裡，沒日沒夜地，為的是編一本適合學生唱的詩歌本。

69年除夕前一天，我留下編校園詩歌。蘇姐看我一個人還沒回家過年的跡象，就說：你一個人，我也一個人，讓我請你到我家吃晚飯吧！那時她跟內地會宣教士蘇美恩住在一塊。蘇美恩剛好不在，蘇姐親自下廚。

不久飯菜端上來，我驚呆了——我從來沒見過這麼完美的荷包蛋，也從來不知道她的清炒芥蘭那麼好吃，是我一輩子也不會忘記的！我暗自說道：蘇姐不但會寫文章，還是一流的廚師！

記得期末考的日子，她看我讀不下書，在團契那架舊鋼琴前，讓我點歌，我點了蕭邦的曲子。她全神投入地彈奏，那時候我的感覺是——此曲只應天上有。沒想到她的鋼琴造詣如此高深。聽完了鋼琴獨奏，我這唯一的聽眾只好乖乖地去溫習應試。這也是門徒帶領的外一章吧！

那天我們談了許多，從她小時候在廣東，移居香港，到美國讀文學，然後到台灣加強自己的中文水平（她的文筆這麼好，還需要老師嗎？），師從散文大家張曉風姐妹；我們也談到了她有甲狀腺癌在身。我這才知道柔弱的她，原來體弱多病。她的口頭禪是：哎呀！我快不行了！我快不行了！然後，緩緩地吸口氣，喝一口溫水。記得她總是端著一杯熱開水。

70年她大病一場，不得不離開台灣。快要離開台灣之前，幾位台大、師大、政大、北醫等團契的核心同工，在她羅斯福路的家查考〈羅馬書〉。在這個門徒聚會裏，我學到一個印象深刻的字：Considerate（體貼）。直到今天，我出門旅行的時候，看到有人在禁煙的地方吸煙，或者把垃圾往車窗外扔，都深深地感覺到be considerate，對廣大的群眾，以至教會的同工都是何等重要。剛來洛杉磯的東南亞新移民開車，難免急著換車道，或者緊挨著前車，在他們看來，自己的技術好，肯定不會出事。但是，這裡開車的禮貌，是不要讓對方有「受到驚嚇」或「受到威脅」的感覺。我想這就是處處為人著想的蘇恩佩精神——Considerate。

恩佩姐是那麼纖弱，有時連喘口氣都還得費勁，但是她的生命又是那麼堅韌，她喊出：死亡別狂傲。沒想到，這纖弱的女子，離台以後，在新加坡和香港又奮戰了十二年。記得她跟我們分享城市的死亡與生命的突破。她小心翼翼地拿著《突破》的封面，上面是一顆發芽的種子，突破地表而茁壯。

79年我路過香港，那時她在《突破》提倡簡樸生活，恩佩姐請我在天星碼頭吃飯，我們坐在海邊吃著她點的簡樸餐。她很羨慕台灣有那麼多寫作及文字人才，她對我的期許，我也深深地領會了。大陸改革開放，她幾乎是第一波到大陸的傳道人。她把她的天安門廣場獨照寄給了我。她曾翻譯賈艾梅（Amy Carmichael）和哈瑪紹（Dag Hammarskjold）的書，從中所感染的委身與奉獻精神已經傳承給她的門徒，而她的門徒也謙卑地說：對照著耶穌基督的行止，我們其實還不懂什麼叫做「加略山的愛」。

她是一個負有先知使命的神的僕人。有了異象與使命，這纖弱的女子成了屬靈的巨人。我特別懷念她。

大細路天國童心

/ 蕭鋭志

我在浸會讀傳理時認識恩佩，有人邀請我為《突破》雜誌拍了一些相片，恩佩深夜給我電話，她欣賞我的意念但基於某些原因又不能採納。其後我又跟文學系的師姐中禧合作為《突破》做了一些訪問，她採我拍照。很奇怪我一年級的紀實攝影習作，竟為恩佩欣賞，特地邀請我到雜誌的設計組放映。她當著眾前輩面前誇獎我的勇氣（跟蹤了精神有問題的流浪婦整整一週），説設計和攝影要有這種素質修養或類似的話。其實當時恩佩説了甚麼已記不得，但她那種尊重欣賞小夥子、對生命和藝術的執意已深深銘印我的心坎。

後來我參加寫作營，認識了蘭芳、仲年等突破人。這個營教我大開眼界，張曉風的作品我看過，但朱西寧這基督徒作家卻從未聽聞——不要緊，讀了他優秀的作品，就會認識他並接觸他的生命。我開始思考尋索，有生命的基督徒怎樣存活、影響人和社會。

畢業後在「歡樂今宵」做過短工，看到恩佩的吶喊：男編輯去了哪？於是毅然報到（同期還有吳思源），進入突破大家庭。思源帶領《突破》，我這個編寫無甚經驗的黃毛小子卻得恩佩信任，上任三個月已委予帶頭重任（當時身邊人人學歷、閱歷、能力和恩賜比我這黃毛小子強！），三年間犯錯纍纍，仍掛上總編頭銜。

相信小弟是恩佩「睇得起又甚無符」的小輩。人人責難她催生《突破少年》，我卻不知天高地厚，天真漫爛，表現十足「大細路」！有天她跟我說：「寶琳跟你一樣天真，不計較別人的看法，但有時如果放下我行我素，顧念一下別人的看法就好了！」

我相信她想跟我說：請學習成熟，你的衣著出賣了你！或請注意一下衣著、儀表，在這裡開始學習成熟！突破異象分享會，人人要打領帶，我把為結婚縫製，也是我惟一的西裝掛在身上，沒打領帶，恩佩瞧瞧我，認真地說：「你穿西裝不結領帶，幾好睇！」

少年月刊銷售不佳、年年改革救亡。恩佩情繫這不足月的小孩，牽念他的存活，從美國寫信回來，曉之大義，如關心漫畫〈大細路〉用上廣東話，會否影響東南亞和內地的銷情。我當時真的不夠程度，一句話也不敢覆，只回了一封信，引用了一首兒歌寄意："Que Sera, Sera, what ever will be, will be."

前輩當然不放過我，她用心良苦，回信說：請不要用「嬸嬸」稱謂挖苦我（走在時代洪流的尖端，人人稱「恩佩姐」，今天竟被傻小子戲稱「嬸嬸」，能不氣結！），請認真思考我提出的問題，好回來討論。天真的「昨我」只看懂：恩佩姐讚我幽默！

天真加上幽默仍解救不了《突破少年》的困局。她當時以柔弱不堪的身子為我們擋了不知幾許風雨。我閱世尚淺，是恩佩姐啟發我認識青少年、強化我服侍年輕一代的心。當時我們出版了香港第一本給高小初中生的少年月刊，辦了第一屆少年寫作訓練營。我一邊校對出版中的創刊號，一邊看外國的少年寫作書，放下參考書就站出來教如小麥子這等資深創作人，真不知天高地厚！恩佩真會提攜後輩，時加鼓勵，她跟我們同工說：「義工真欣賞你們事奉和服侍青少年的心！」她又不忌諱地當眾指正我：不要看青少年為「細路」！這句話受用多年。

我當時看似不懂事的大細路，對恩佩卻是敬重和認真的。她給我的指導、教誨、導引，無論怎樣不服氣、不明白，仍牢牢地記在心，終身受用！

前輩怎樣贏取我等大細路的心，相信祕訣如下：

第一招　高瞻遠足而落地

恩佩親自帶我們查經，實踐禁食、深刻反省罪，卻從不誇談神學、哲理，深入淺出、談了也不覺察。她請來John White、張曉風、戲劇前輩陳尹瑩修女、社運領袖等人，我獲邀同枱吃飯，親切互動。又有一次請來陳佐才談金庸傳福音，大開眼界，影響了後輩日後以war game、籃球、康體等開拓創意平台牧養佈道。

第二招　謙虛好學 簡樸生活

從沒見前輩談她的學歷、著作。《死亡別狂傲》甫出，我跟她說：「寫得好平實啊！」她淡然道：「戲劇人生要淡淡道來。」就是這麼簡單、寶貴，夠我一生追求領會。

轉個頭前輩伸手問我取專題演講的資料卡好作寫書的參考。她還問我借皮袋水壺去旅行。她寄回來的信談及旅行學習，印證了《屬靈生命禮讚》的屬靈操練，我開竅了：祈禱讀經以外，旅行、閱讀……還有許多有趣、生活化的操練。

在牧養少年的路途上，沿用恩佩的啟導，她有創作小天地，又以環保物料造座椅，種植可愛盆栽；我有突少自然角，種花、養魚、放雀、送親自培殖的小魚給讀者；其後創辦「籃球體育事工」更發揚光大：用水族、種植及球場等媒介創意牧養，並以此訓練門徒。信仰就是生活，道成肉身。

第三招：小子大人

恩佩視小子為大人，她嚴謹處事，卻大方量人，以主的眼光看到小子們的未來。她對人內心深處的罪性有深刻體驗，卻放心放手，因為對神有信心。她敢於進入門生的深處，挑戰其軟弱盲點——這是平凡導師偉大的地方。前輩在世，小子未敢請教她，顧慮要求這麼高的師傅怎能容忍後輩無知、無能和頂撞。「小子大人」這信念卻時刻提醒我：愛裡沒有懼怕，對自己和別人的幽洞就能進出自如。

第四招：溫柔力量、團隊作戰

前輩在世戰勝了死亡的威嚇，以溫柔挑戰其毒鉤。身為下屬，有時不明白上司的抉擇，也不懂體會其難處、壓力。有一年兩個少女讀者雙雙手繫紅繩持《突破少年》墜樓，接著的一期約了輔導部同工寫〈危機壓力測試〉一文已付印了，收到前輩社長來電下令停印抽稿。我照辦但不懂分析其危機壓力。只感恩社長沒甚多談也沒有增添小輩壓力。

相信前輩用溫柔掌擋住了風風雨雨。一年設計部郭仔入院，我們想仿效外國少年雜誌「抖暑」停刊兩三個月。社長沒有說甚麼，只在董事會後跟我們說：不通過，理由是特例不能變常規。有幾趟重要決定她都沒跟我們爭論，只召開會議，也請《突破》同工列席一起討論。有時會解釋基於發行或甚麼理由，有時會讓大家發表意見。

「抖暑」停刊那趟我不開心，表達了我的失望，還怪責她不為我們出頭。社長姐姐靜靜地聽我説，不爭論也不氣忿。我有點不知所措。第二天見面，她若無其事跟我打招呼。我見識了上司前輩軟弱身軀的內藏能量——溫柔的力量。

多年後球場牧養，溫柔是我喜愛的一個話題。人們常愛威猛的「鋤樽」（扣籃），我卻愛談籃球是溫柔和力量的結合，從John Wooden教導「渣巴」以天鉤取代入樽談到走籃的溫柔、中鋒的溫柔，還有耶穌的溫柔。溫柔可以顛覆世界啊！天使懷中的恩佩會露出怎樣的會心微笑？

我至今還留著姐姐給我的信，剛強有獨特個性的字跡，句句針對我的軟弱，多年後回望，背後又隱藏幾許深切的期許！這輩子我也許學不到也達不到恩佩的境界，化傳奇為平凡，擁抱流行文化，跟修女藝術家交往，與社會行動者為友，最後一口氣也花在表現比馬可不如的小子身上。

有了姐姐，未敢剛愎自用，只得鞭策老我，建立隊工、結合老中青團隊、服侍這一代。

第五招：天國童心、文化救贖

病床上恩佩姐傳令召見思源和我。趕到醫院，天父接了她去！我悵然若失，不懂哭泣！送來遺物，有我的照片和卡通連環圖結婚邀請卡。結婚前姐姐訓誨我做男人不要太早結婚，三十後未算遲。半年後她去了旅遊，我不知天高地厚「拉埋天窗」，沒給她喜帖。姐姐回來嚷著要這卡通喜帖，想不到她放在寶盒珍藏至今！

我知道她珍惜丫頭小子，不單是才情、創意、特立獨行、思想敏銳——天國是小子的，就這麼簡單！

我跟姐姐有一個相同經歷，沿著大水渠攀爬上山，留下冒險的足跡。恩佩年少時爬過半山的大水渠，沒想到多年後有一個穿著底褲的窮小子也曾在直通賽西湖的水渠上孤身探險；再多年後大家在同一雜誌社放雀產卵，栽種天國種子。

當擋風擋雨的手垂下，小子丫頭仍為文字的救贖大業掙扎求存！最後關頭，姐姐還想到經營漫畫週報，為的是衝出教會，救贖眾小子。

三十年後的今天，藝人界多了基督徒，其中還有人挺身建立教會著意祝福年輕人！恩佩翻譯《豆豆福音》，今有牧師寫電影神學；那爬水渠的小子從球場走到war game場、又回歸電影，以光影啟航，啟導eY世代的小子。那在大球場見證「枯骨復活舞蹈」的恩佩，一定樂於見到教會鼓勵年輕人拍YouTube談信仰信念。那擁護披頭四的恩佩可樂於見到今日的青少年在教會門外唱些甚麼？金禧事件曾縈繞恩佩的心，從天堂看見八十後苦行，姐姐可會有同樣的期許？

在世上小子比姐姐長，經歷了青年、壯年、慢慢步入老年⋯⋯多少少年夢，盡付笑談中！最新的教會研究報告，教人扎心：青少年牧養貧血，青少年群組持續增長不超過三十間，百多間教會有斷層危機！願那爬水渠上山的恩佩姐的靈仍與我們同在，以天國童心、文化救贖，戰情才有機會逆轉哩！

恩佩恩師

/ 羅錫為

敢稱恩佩為恩師。

在我事奉路途上遇上了她，或者是她竟然會來找我，塑造了我的屬靈生命。

我不能忘記，當年為要召集我去追隨她，她抱著病，拖著軟弱的身體，爬了四層樓梯，到我家來訪問，勸說我當《突破》全時間的編輯。

當時，我已經是《突破》編輯組的一員，義工性質。每個禮拜一個晚上開編輯會議，並且分擔寫作、採訪和編輯事務。那是我事奉得最起勁的時光。編輯組的組員，就是恩佩的門徒，向她學習的，不單是編寫技巧，而是背負一個抗衡及改變文化的使命。她的生命影響了我們的生命。

文化更新、簡樸生活、屬靈操練、關懷社會，不再是口號或理念，而是每天的掙扎：面對自己，面對世界，面對上帝深刻的反思和決定。

我這才明白，什麼叫門徒訓練。我當了她的門徒，她是我的恩師，示範了一個背十字架跟隨主的人生。

隔代相識文字間

雖然荒涼，我卻不覺孤單

/ 艾阮

我不認識蘇恩佩，也沒趕上看見三十年前她離開這世界時的「荒涼」。那時，我仍未認識上帝，唯一可以與她產生關聯的想像，是我那年患上重病，在醫院呆了一個月。那年，醫生不許我上學，而那病，是個不能斷尾的病，它間接使我在其後的三十年過著克制而規律的生活，才能保住健康。正是那病，和其後漫長的病史，令我比很多人更明白蘇恩佩《死亡，別狂傲》中的叙述者心境。

不過，震撼我生命的，並不是蘇恩佩的《死亡，別狂傲》，而是四十多年前她所寫的《基督徒與文藝創作》提到的「荒涼」。這文章我當年沒趕上看，卻能在作者死後三十年讀到，它沒有觸動到我，卻深深刺痛了我：

> 中國基督教文學的荒涼，主要原因是觀念的問題：主要是由於一般教會——尤其是正統信仰的教會——對文學、藝術所存的歪曲和偏狹的觀念。

把火種撒在地上

話說蘇恩佩

我自幼已喜歡繪畫，大學時不理家人反對，修讀藝術，那時正值剛信耶穌。畢業前，對於自己的人生方向和將來職業，感到困惑。年幼便喜歡的繪畫，在廣大的禾場服侍上似乎無處容身，加上自己在大學學習的年日，對現當代藝術那種狂傲與荒唐感到懼怕。因此，畢業時我堅定地相信，自己為了上帝放下熱愛的藝術，一心棄絕世界，只愛上帝。

這就是我，因無知和怯懦而對文學、藝術所存的歪曲和偏狹的觀念。我就是那教會，那正統信仰的教會。

當與我一起成長的弟兄姊妹都踏上人生必經之路，他們找到穩定的工作，他們結婚、生孩子，與其他信徒談論著生活瑣事的時候，我仍像一個長不大的成人，苦苦尋索上帝在我人生中的計劃。為何我總未能在工作崗位上安然停駐？為何我的心總是忐忑不安，久久未能安息？

直至2005年，我終於下定決心，進入神學院學習，企圖修讀輔導科，也相信它可能會是祂為我設定的人生召命。三年的學習，神親自作我的輔導與治療師，讓我夠膽認出自己的抱負，夠膽承認自己喜愛文學與藝術，並希望以此來服侍神。早在2000年起，我已經開始了基督教音樂的創作，以業餘的性質出版過兩張音樂專輯，但我知道，像未完成的砌圖，我仍在尋找那最後一塊。直至神學院畢業，我一心以為上帝給我在母會半職傳道的崗位，將會是我尋索人生召命的最後一站，因為在那裏，我既可以落手落腳服侍人，又有空間做音樂創作。誰不知，上帝不要我去當傳道人，祂的國度不需要我充撐場面，祂要挑戰我最深的恐懼——為自己的人生走那勇敢的一步。

2009年尾，我做了人生中最棒的決定，辭去傳道人一職，以文學、藝術、音樂創作為我餘生的召命。2010年，我出版了兩張音樂專輯，寫基督教的歌，填充滿生命與熱情的歌詞，以推動香港本土基督教詩歌為使命。2011年，我把十年前創作的一些聖經人物札記整理出版，作為我找到最後一塊砌圖後的首個實質行動，這本名為《行在地上》的書，既有文字又有繪畫，被歸類為「文學/藝術」，放在基督教書室雖然顯得有點孤伶伶，卻反而激發我繼續創作的熱情。翌年初，收到通知，此書獲湯清基督教文藝獎的文藝創作組推薦獎；這作品經過幾次投稿被拒才能成功出版，上帝竟這樣鼓勵我，也引證祂對我的呼召。正值那時段，我被母校神學院邀請，為他們教授一延伸課程，最後，我決定以「基督教文學欣賞與創作」為題開班。為了備課，我終有機會讀蘇恩佩的《基督徒與文藝創作》，她在文中引用了一位女作家Grace Irwin的話：

> 基督徒若始終是畏縮、怯弱的懦者，無論思想、行動和寫作都受制於別的基督徒，而非受聖靈的驅使，他們始終會在文藝創作上落後於人。

這話就好像是自己從前的寫照，它也讓我明白，為何我們中國，仍未能產生偉大的基督教文藝作品。從我意識到每個信徒都有一個人生召命開始，我就一直尋找，上窮碧落下黃泉，兩處茫茫皆不見。等候了十多年，神讓我找到了，與其說「找到」，倒不如說「認出」。我認為，自己認出召命的道路迂迴，與華人教會的文化和視野不無關係。蘇恩佩極其重視作家的培養，這在歐美國家根本是自然不過的事，但在華人世界，卻始終艱難：

> 今天我們如此缺乏人才自然有許多原因，不過最低限度有一個原因是非常重要，卻是很少被提及的，就是我們沒有強調作家的這種「呼召」(calling)。在一般基督徒圈子裏面流傳著一個錯誤的見解，以為神的呼召只限於獻身做教會工作的呼召。其實神對每一個奉獻給祂的人都有祂的「呼召」，而每一個基督徒都應考慮他一生的神聖的「工作」(vocation)是甚麼。可能是牧師、教師、醫生、建築家、主婦……或作家。

為了解釋這段文字，蘇恩佩引用了密爾頓 (John Milton) 的故事。在劍橋大學修完碩士的密爾頓，有機會可申請成為該校院士，這身分能把他引到教會工作，眼前有大好前程與榮譽在等待他，可他經過最深的掙扎後，不願違背神對他的呼召，毅然放棄了教會的路。他的呼召是甚麼？就是「一生致力於寫作與讀書」。若他沒有放棄滿足眾人對他的期望，或許他就會成為一個成功的牧師，卻永不可能有機會寫成《失樂園》，震撼和感動歷世歷代的心靈。

在湯清基督教文藝獎頒獎禮上，我故意提及蘇恩佩昔日所慨嘆過的荒涼，這荒涼竟持續了幾近半個世紀，我期待這一代信徒能關注這荒涼。雖然蘇恩佩並不是先知，她卻仿如先知以賽亞，把上帝的託付盡力完成，那怕他那個世代的人無動於中。她的視野和識見使她看到問題的癥結，在黑暗中仍拚盡全力發出一點亮光。謝謝蘇恩佩，她或許只是一點微弱的光，但這光卻從沒有熄滅，她的精魂已化成一個個文字，照亮著後來的人，而我，就是其中一個受惠者；我期望自己也能成為一點微弱的光，在有生之年推動基督教文藝。觀看今日這城市，我只能說基督教文藝的光景荒涼如昔，但蘇恩佩的文章卻化作上帝對我的呼聲；我雖渺小，卻有幸可以踏足在前輩辛勤地走出來的小徑，有份去參與完成她的未竟之志。

雖然荒涼，我卻不覺孤單。

7/8/2012

我的仄徑

/ 李穎婷

神學院功課繁重，仍參與蘇恩佩生命反思會中《她的仄徑》戲劇的演出，這個選擇，在許多同學眼中或者就是一條「仄徑」；但在我而言，從試鏡至演出的個多月，是上帝給我度身訂造的特別課程！

神的旨意？人的選擇？

第一次看劇本，我已愛上，許多對白擊中我當時內心的掙扎：因為讀神學的日子，常懷疑自己是否誤會了神的呼召，總想返回安舒區，走易走的路。然而出於一份感動，我答應去試鏡。

自知沒有經驗，大概只是「陪跑」，惟有盡力而為，將勤補拙，讀原著、背劇本、重看恩佩的作品。赫然發現，自己與司徒苑、與恩佩有很多相似——曾當老師、讀神學、患甲狀腺病；喜愛中國傳統文化、寫作、服侍青少年，而又心繫神州。在突破十多年當義工的日子裡，恩佩的名字，不會陌生；但那刻，才強烈感受到上帝暗中用一條線把我與她連上了！

假如沒有被選上，我絕對理解；獲選派，那絕對是恩典！在十多次的排練中，我不住看到自己的不濟，從語調、站姿、台位、眼神、小動作、與對手的交流，都有極大的「可塑性」。我實在不能想像，若非上帝給監製導演勇氣，怎會選上我？

但我享受每次排練，每次都讓我認識那未識的自己，尤其有一次，監製著我們「演出」自己信仰的心路歷程，竟發覺原來同台的達輝、崇清和我，都與劇中所演的角色呼應！也在當晚，我深切體會，原來不是我選擇了參與，乃是出於上帝的揀選！即使我不配。

上帝不是未知數！

正排練得如火如荼之際，忽然收到一個「意想不到」的消息，丈夫的妹妹證實患了腦腫瘤，要動大手術，且要預備抗戰好一段日子。這噩耗對我與夫家，無疑是一大震撼，一個前所未有的信心考驗：出入醫院的疲憊不磨人，最難耐是眼前頓現許多「未知數」。

曾考慮過辭演，但丈夫鼓勵我堅持，因深信當中有上帝的心意。是的，每次唸到「上帝不是一個未知數」這句對白時，都像給我打下「強心針」！

此時，想不到，恩佩的生命成了我一家的安慰。她在死亡的陰霾下，以生命奮然宣告：「死亡，別狂傲！」即使身體虛弱，苦戰癌病，仍能創辦《突破》，讓短暫的生命迸發火花，燃燒自己，為主所用。每次我進入角色，彷彿與恩佩一同分嚐在基督裡這份對生命的盼望，令我更堅信恩佩的上帝，也是我的上帝，也是我小姑的上帝！上帝，祢不是一個未知數！

幾窄，幾難，都係要走……

終於，到了4月12日，在三十年前舉辦了恩佩追思會的同一場地，在白蠟燭微黃火光映照的十字架下，我獻出人生的第一次。這晚，座無虛設，「火種」隨著弦樂、短劇、短片、琴聲、恩佩摯友的分享、詩歌、禱告……蔓延開去，燃點了七百多人的生命，包括從未認識恩佩的年輕人、掙扎於全然委身基督與否的信徒、曾經火熱卻冷卻了的心靈，還有我——這個經常懷疑自己、懷疑呼召，膽怯的小女子。

在十字架下，那不單是司徒苑的對白、恩佩的心聲，更是我向主的認信與立志：「不再為自己而活，而是為替我死而復活的主而活……幾窄，幾難，都係要走。」沒想過，會在這個處境裡，眾人見證下，上帝讓我作出這樣的信仰宣言，彷彿婚禮的盟誓！我知道，逃不掉委身事奉的路！

回望這個多月，在重重難關下，我竟走過來了，一切全是恩典！丈夫的肯定、弟弟的支持、同學的禱告，還有許許多多的同路人，都是上帝為我預備的寶貴的禮物，是上帝的應許與印記。深知這次演出，只是預嚐事奉道路上的甘甜與榮美，祂的恩惠要伴隨我一生，就如祂在恩佩身上所做的！

今天，我敢以生命見證：「這條仄徑，沒有咒詛，只有祝福！」

願「火種」不熄！

寫於2012年4月13日 晨

你的生命已經火焰般閃爍在大地深處——寫在蘇恩佩姐妹安息30周年前夕

/ 姜原來

一

去年秋天某日，離開李提摩太（Timothy Richard）在清季主持廣學會舊址不遠，「廣學沙龍」——上海基督徒知識份子的跨教會研討平臺成立了。作為沙龍主持人，在首日講座「基督徒的文化使命」中，我闡述了基督教在中國從李提摩太到蘇恩佩姐妹這第二條重要事工路線。這以後，來自上海各教會的同工和弟兄姐妹和我有不少關於她的詢問交流。

在內地家庭教會系統的事工中介紹她的文字和生命，這已經有幾年了——從北大校園團契到湖南校園團契，從上海活躍開放的白領教會到廣州保守的靈恩派教會，我在「基督教信仰與文化」這門課程中介紹蘇恩佩，以她和罕見的世界級女神學家薇依（Simone Weil）為例，探討「基督徒在世界面前的公開對話」。從內地最貧困地區之一阜陽的鄉村神學校到杭州神學院，從江南常熟的師生夏令營到溫州民工藝術團，我在「基督與現實」這門課程裡分析蘇恩佩，把她的思路與偉大的基督教思想家帕斯卡爾（Lamy Pascal）的重要看見做比照研究。

當然不是孤例。在雁蕩山深山的同工培訓會，我聽人評價她的創作；在北京，我參加過教會的有關討論，知道了一些同工早就在瞭解閱讀她；上海從事出版的同工一直視她的文章為事工的重要指導；一次在南下列車上，旁邊偶然坐下一位來自北方鄉村教會的女牧者，聊著聊著，她竟然談起了蘇恩佩。……

先急於說這是因為——恩佩姐妹留下的文字中，最令人心痛的是，最後的日子裡，在給S的信中，以一貫的坦誠，她擔心自己的生命是unfulfilled，「而以前所受的苦又是白費」……所以，三十年後的今天，我首先想告慰姐妹——正如一個著名的中國詩人寫過的:

有的人活著，
但已經死了；
有的人死了，
但永遠活著；
……

你的生命活著，不但活在突破人中間、活在港臺海外弟兄姐妹們中間，而且活在你魂牽夢繞的中國內地，你火焰般的生命已經閃爍在這片遼闊苦難的大地最深處。

二

其實我很晚才聽說蘇恩佩這個名字。十年前，李淑潔老師等幾位突破人首次訪問我，介紹突破時提到了蘇恩佩。2006年我女兒參加突破營會，帶回來《蘇恩佩文集》第一卷。斗室裡的書已經堆積如山，直到2007年，在淑潔老師的再度推薦下，我才讀起了她的書。信手翻看了幾篇文章，心立刻像是被火點著了……火焰般的文字，談親友、談青年、談教會、談世界……光燭照在哪一個個地方，熱同時彌漫在那裡。……

從此以後，儘管事工忙，手頭要讀的書永遠排成了長隊，每過一段時間，我會再閱讀她的一些文字，然後靜靜思考。

關於她的文字她的生命，大家體會和研究的文章不少，尤其是關於她的真誠、她的大愛。其實，若單講愛，教會裡愛的信息和活動連綿不斷。可是「真」呢——勇敢直面全部現實、深入洞察基本現實、投身在場嚴酷現實之「真」——如果遠離甚至拒絕這樣至真的求索，那麼愛是不可能至大至聖的，信仰充其量只能成為「小信」。這樣的講臺信息再動聽，也可能異化為與現實無關的花言巧語！

一位海外著名的華裔傳道人在一盤廣為流傳的課程錄影裡，被人兩度詢問「馬克思主義影響為什麼這麼大」這個涉及中國和世界現代史關鍵的重大問題時，兩度信心十足笑答——「很簡單，就因為馬克思主義太簡單了。」我與公共知識份子對話中，他們說起「你們基督教大師這個答案」時，引起的是一片譁然和嘲笑，給福音事工帶來極大障礙。

在華人教會，這不是個案。與這種淺薄的態度截然相反，在〈奉獻底祭壇〉等文中，恩佩對這一重大問題嚴謹探究深入思考，儘管只是開始，但已很有價值。確實，在這個愈已複雜的世界，惟有以真光深深穿透現實，才能真正傳遞基督愛的救贖信息。

同樣，若單講「真」，公共領域求真的努力俯拾皆是。可是，與聖愛疏離的求真，即使發掘出許多歷史真相收穫著眾多局部灼見，最終帶來的只能是整體性更大的混亂、迷失、絕望或幻滅。從尼采 (F W Nietzche) 到福柯 (Michel Foucault) 的歐洲哲學史是這一過程的鮮活演義。魯迅則是在東方的一個更加複雜的實例。

與這些「偉大的悲劇」不同，在〈城中的死亡〉、〈放眼看世界〉等文中，恩佩以基督之心洞悉現實審視人性，在對冷酷真相觸目驚心的揭示中，聖愛救贖的熱流悄無聲息卻形影不離。

不僅是真，不僅是愛。更重要的是——因著基督的恩典，在恩佩的文字中，真和愛如火焰的光和熱那樣交融共現。這種更接近主的生命境界，其實還引領了我們思想一個更高的命題——我們生命、使命的完整性可能。

今天世界突出的特質之一是「破碎性」——充斥竄梭著太多破碎的信息（包括嚴肅的思想文化藝術信息），但是極少關於生活世界關於生命的宏觀完整信息。利奧塔所言的這種「宏偉敘事終結」，既是啟蒙運動以來無數假大空「宏偉敘事」破產的必然結果，也給基督信仰帶來巨大困境。

今天，我們的信息即使其愛感人至深、或其真切入肺腑，若仍是碎片狀的（例如無力對全球現代化這一基本現實的全面把握），就不過是在這個五花八門百態千姿爭奇鬥豔的碎片世界增添一些「神聖碎片」而已。

舉著愛與真的火炬，恩佩作為一個姐妹，在幾十年前的寫作中，就已開始這種宏觀視野：在〈我能為這個城市做什麼〉中對整個城市、在〈獻給年青的朋友〉中對整個青年一代、在〈剖視〉中對整個海外華人教會、在〈基督徒與文藝創作〉中對整體基督教藝術的觀察思辨迄今依然遼闊透徹。正當如此——基督的信息本來就是宏偉完整的。

我們絕不能不自覺地臣服于後現代的「破碎正當性」前。即使愈來愈多的人已經習慣于麻醉於碎片式感受與生存，我們依然要像參天大樹那樣完整成長出中華本土基督教神學和本土基督教公共思想文化，因為碎片粉塵終要隨風飛逝，基督完整生命的呼喚才會長駐大地。恩佩向著這個方向邁出了先驅的步伐，我們當繼往開來。

神這麼回答我：「你可以發出火焰般的話語，
但需以你自己先被焚燒為代價……
沒有別的方法，也不能用較輕的試煉，
惟有經過熬煉才能完成你的心願。」

這是蘇恩佩引用愛爾蘭一位宣教士兼詩人的詩句——描寫她怎樣祈求神賜給她寫作恩賜和神的回答。

投入寫作十多年。2010年底起，我又投入一部大型話劇的寫作；到11年冬，劇本完成了，危機也爆發了。我痛感對作品中人物、環境、事件，乃至於對自己的認識，正如蘇恩佩講的，「往往缺少真實感……寫著自己以為基督徒應說的話，而不一定是自己想說的話。……缺少……絕對的忠實及透視……不敢道出心靈最深處的矛盾、掙扎、苦悶。」

我輾轉反側，非常痛苦，於是重讀了蘇恩佩尤其是她〈基督徒與文藝創作〉一文（我認為此文堪稱基督徒華語寫作的指南性文獻），受到很大震動。就像果戈理在震動中燒毀他極不滿意的《死靈魂》第二卷手稿一樣，我撕掉了這部話劇上百頁的手稿，決心重新開始，一定要如恩佩說的有

「對人生，對寫作、對讀者及對自己的絕對忠實」，「不但要答問題，也應有勇氣去問問題；不但要下結論，也應夠坦誠不下結論；不但要擁護理想，也應該要暴露現實。」

經過如此調整，我投入了全新的寫作。自今年春天起，一邊不斷用微博方式表達豐富經歷中的所見所思，一邊投入了一部新的大型公共話劇《蠢驢》的寫作，年內可以完成。

還是老習慣，邊寫稿邊放著古典唱片——這次特意選聽了舒曼的《春天交響曲》。恩佩約長我十來歲。今天，我也想說一聲：蘇姐，你好。又一個春天來了——雖從未謀面，可我們的心是相通的。謝謝你的許多幫助。多想邀你來斗室，就像你說的，「水泥地面上一方素席，幾個知己盤膝而坐，沏一壺清茶聊到日落星沉……」然後，我們晨禱……

2012.3.20-23

未曾相見，卻被她燃點

/ 張雅婷

命運是殘忍的，死亡可以那麼不可思議的來帶走身邊年輕的至親。對於生命，我不禁思緒萬千。或許是心裏深處還有一絲絲的不甘心，對於大多數年輕人所不感興趣的苦難課題，我竟是憤怒的想找出個答案來。為了尋找生命終極的答案，翻閱了圖書館有關「死亡」這個議題的書籍，其中一本就是：《死亡，別狂傲》。一個外表嬌小柔弱的女子，在面臨死亡的威脅與自身的苦難悲哀時，竟然沒有喪膽、竟是那麼樣地無懼，並且還能散發出無窮的生命力。是什麼樣的力量？她到底是個什麼樣的人？不禁令人好奇了起來。於是，決定用這個人的故事來做為研究的論文。

1958年，一個在香港荃灣小學的老師，一方面在學校教書，一方面也計劃著美好的前程，但不明就理地，沒有預兆，沒有警告，癌細胞向她突擊而來。因為罹患甲狀腺癌，不但被迫終止教師生涯，更是從此揭開了終其一生與疾病苦難抗戰的序幕。一個正欲隨夢想飛躍的青年人，竟要承受肉體的病痛和心靈的苦楚，誰能將這樣的際遇視作生命的應然？然而，她卻說自己所經歷的苦難是化妝的祝福。她因著殘酷的生命遭遇，所展開的屬靈探索，反而使她更深地經驗到她所信靠的神是一位慈愛的上帝，是隨時聆聽她禱告的神，亦是安慰、有能力的神。她沒有一絲一毫的埋怨，也沒有被擊倒，仍然相信神在她的生命中，只有祝福。也在其中，為所有關愛她、為她在神面前獻上禱告的人存著滿心的感謝。不僅如此，她更是放下自己所愛，把生命的主權完全交回給神，忠心地回應神對她的呼召。

蘇恩佩給青年人事奉的挑戰，就是教導他們事奉是主權的問題。在現實生活中，她自己就是不惜放下自身的情感，放棄了一段戀愛，忠心地回應神對她的呼召。其實，她是一個重感情的人，對愛情也有很大的憧憬，但她卻能將神對她的呼召放在心上，並且順服，放下夢寐以求的愛情，放棄一個條件很好，很理想的結婚對象，返回亞洲致力於青年福音文字工作，這對一個年輕女孩來說，是非常不容易的抉擇。然而，蘇恩佩為了神，真的是做到了。

她生長的世代，是還相當傳統的華人社會，那時女性的單身和男性的單身不一樣，男性的單身是選擇單身，而女性就是沒有被選擇。另一方面，中國男性的傳道人或牧師，他們總是希望選擇一個能夠站在背後幫忙自己，處理瑣碎事物的女人來做師母，大概不太能夠支持一個很能幹的姐妹。但蘇恩佩有她自己的高瞻遠矚，有她自己要走的道路，有她自己從神所領受的異象。然而在她所處的現實環境中，要一個男性來配合她，是非常困難的。因此，蘇恩佩畢生未婚。事實上，她是非常憧憬婚姻的。但是，為了神的國度，她放下自己的終生大事，順服上帝的呼召。她就是這樣的對神絕對順從與尊敬。只要看見了異象，就不惜付一切代價，勇往直前。

另外，在蘇恩佩逝世後，我們可以從朋友寫給她的悼文中得知，她並非是個不喜愛生活情趣的人。相反地，凡是美的、令人心折的音樂和藝術，她都快樂得整個投入，在她裡面根本就是一個熱情奔放，酷愛生命的小女孩。可是為了愛，為了基督，她寧願選擇仄徑，選擇那條痛苦牲個人幸福的路，只為了獻上生命，替人揀拾幸福，給人無盡無數的幸福。

在蘇恩佩眼中，看到的不是自己的悲哀，而是看透死亡，看到所處香港這個城市的動盪不安、青少年一代的關注與覺醒、社會的亂象、城市的死亡，是全人類共同活在罪的侵蝕和陰影之下的咒詛、是人類墮落所帶來社會的摧殘、是許多的人沒有幸福。她在社會的亂象與問題意識中，去反思一個中國基督徒知識份子應有的生活態度，以及所應面對的現實。此外，她悲天憫人的性情及對弱勢群體的關懷，對於那些未能聽到福音的貧苦大眾，她感到悲哀。對於當時教會忽略社會「下層」階級的情況感到十分不滿，她期望將來會有為勞苦大眾而設的「工人團契」成立。又因身處於中國戰亂的時代及受到香港殖民文化的洗禮，蘇恩佩其實對中國大陸有著矛盾的情節。一方面，受其父親之影響，對大中國有著極深的情懷。另一方面，中國大陸的文化大革命埋葬了中國文化，令她感到非常地傷痛，迫切關心著中國的危機。可見蘇恩佩對祖國的愛是帶著矛盾、悲痛的情懷。她的作品中也反映出她對中國的熱愛與關切的氣息，以及熱切地想要到中國大陸傳福音的負擔。中國和香港在當時是兩個不同時代潮流的地方，一個是共產主義，故步自封的社會；另一個是受到外來文化不斷衝擊與自由洗禮的開放社會。然而，深受父親的影響，讓她追本溯源地歸返中國文化的根，雖生長於香港，卻總覺得自己是屬於大中國的，對自己中國人的身分是肯定的。早期不能到中國大陸，但她很關心中國，對於中國留學生，或是從中國到香港的難民、婦女、基層的工人，有機會就予以關心協助。甚至她後來在新加坡和香港所做的事工，她也都認為是在間接地培育人才，她相信日後對中國大陸是會有影響的。1980年中國大陸改革開放初期，她是第一批到中國的基督徒，蘇恩佩當時的身體已非常虛弱，甚至她自己向朋友說：「我這樣的身體到中國不到三天就會死了，我是隨時會走的」，但她仍是抱病堅持踏上中國的土地，想要深入了解當地居民的生活，與他們談話，關心他們。她和當時代許多中國海外的知識份子一樣有著難以抹滅的「中國夢」。

蘇恩佩對國家民族有強烈的愛國情懷，但是她對於中國人的哀傷，並不在於政治立場，或是在那個地方，因為她指出屬天國的子民，不能把基督的國度與政治混淆，因為天國不是物質的，也不在人間，只有當人把主權交還給神時，天國才能建立。因此她認為不用對任何一個政府存有幻想和奢望，也無法倚靠任何政權將天國建立。

蘇恩佩認為每一個屬神的人就是要時刻準備神把先知的使命交託給他，並且必須要完全「投身」——捲入漩渦。她自己就是這樣，完全地，毫無保留地，捲入了「突破」的運動中。台灣大學數學系的李照男教授在訪談時提到，他從國外讀書要回台灣前，去香港看了蘇恩佩，當時給了她一筆奉獻，她一拿到，馬上毫不考慮的，將那筆奉獻的一半金額奉獻給「突破」。她認為投身是基督徒的本份，而信仰是與我們每天過的生活息息相關的。在她的神學思維裡，神給每一個基督徒最基本的託付，就是承擔起社會的責任。蘇恩佩認為教會和基督徒都不該不問世事，因為耶穌的道成肉身說明了基督信仰是不離棄困苦，不離棄現世，對事物的看法絕不妥協，最具批判性和革命性，並要在社會和世界中間持有一種與之抗衡的張力。她認為既是基督徒又是知識份子的獨特身份與任務，就必須如同「羊入狼群」般儆醒地生活，而同時又該發揮「光」和「鹽」的作用，積極地走入人群，走進社會，去影響社會的價值觀。在物質主義及個人主義盛行的年代，蘇恩佩試圖在她的有限中突破重圍，衝破桎梏，她不高舉自己的成就，只從當世代的時代背景下做出最單純表現出生命之愛，以及信仰之信心的實踐。她強忍著自己的病痛，甚至走上危險的「彈丸之地」九龍城砦。為要關心一群在社會邊緣，乏人問津的青少年。她關心那些吸毒的人，關心「飛仔」、失業的人，以及「魚蛋妹」，還有關懷婦女的生活，她成為他們的朋友，感同身受，同理他們的苦悶與需要，慢慢地將福音帶給他們。

從她的文章中可看出，她對時代的敏感性很高，她看出社會快速變遷的過程中，功利主義正在以個人主義面貌出現，於是乎人們慣用人的成就去衡量人的價值，為了達到立即可見的成就，個人必須認同群體，於是個人的意向不再是發揮個性，而只是群體的反映而已。她看見，在現代化的過程中，同時也隱含了，成人的世界正逐漸瓦解，青少年的無所適從，所以犯罪率節節升高。正因這個緣故，蘇恩佩一生努力呼喚現代人找回自己。而她心中的現代人，並非抽象的，或是社會學、統計學上的觀念，而是香港城市裡的每一個活生生的、有血有淚的青年人。她強烈的憂患意識，使她更強烈地感到基督徒不能僅是獨善其身，僅是寄望於永生的福樂，而是應該投身於社會、國家，甚至是整個世界的洪流之中，完全付出自己，為別人而活。

從蘇恩佩家人和同工的口中，也證實她對信仰是非常的投入，她把自己能付出的代價都付上了，這包括她的健康、情感、意志、心血，甚至是個人的自由和意願。在她的身上看到一個矛盾的景況：從她身體的健康狀況來看，她應該需要更多的休息，但她卻鍥而不捨地工作；她應該有權利去完成自己想要專心寫更多文章，想要寫一本有關編輯書籍的心願，但卻在不斷地花時間在與人傾談、開會、編輯、行政、訓練人才……的工作上；她應該更顧惜自己的身體，卻拼命支出心力；她應該可以多享受一下家庭之樂，但卻被迫必須常往外跑。她將一切合理的「應該」都撇下了。信仰就是她對主所信靠的中心，無論做什麼都是以信仰為中心，完全擺上，非常地委身，勇往直前，就如她的追思特刊的標題一般：「燒盡‧點燃」——她將自己生命的所有獻上、點燃，直至生命燒盡，影響許多人的生命。

我和恩佩是兩個不同世代的人，沒有見過她，只是因著想要找到苦難的答案，而開始對蘇恩佩這個人感興趣，但在更認識她之後，發現，去追究痛苦的來源和根由，是超出我們人的範圍。在現今這個世代，台灣的新聞常有青年學子跳樓、自殺的消息，可見，死對一個身處在痛苦中的人是不難的，但從蘇恩佩的生命卻啟示我們要為神而活，為愛我們和所有我們愛的人活下去，我們的人生，不是為了自己，而是有一個「他者」的層面。

死亡與苦難熬煉出我們對別人的悲憫，也讓我們對所信仰之神更加委身。生命的精彩不在於它的長短，而在乎我們是否把自己一切的經歷——無論你當下覺得是好是壞，全都交給主。神能夠從混沌中帶來次序，能夠從空虛中帶來豐富，這是神的創造。就如蘇恩佩所經歷的一般，雖然她的身體十分軟弱，在她的人生當中也遭遇一些被人誤解，使得她很痛苦的事，但是因為她勇敢回應了神的呼召。她強烈的使命感，不斷地催逼著她更多地燃燒自己，造就別人，如同她所喜愛的經文：「在壇上必有常常燒著的火，不可熄滅。」〈利6：13〉在她身處的時代，發出先知的呼聲，並且實踐力行。以至於能夠啟發、影響、點燃她那一代的人，甚至是我們這些與她不同年代，未曾見過她的年輕人。雖然至親的相繼離去，的確讓我極度地悲傷，甚至想放棄所有的一切。但蘇恩佩的生命，卻讓我看見，這樣一個深受疾病折磨的人，沒有定睛在自己的疾病苦難，而是對自己所處的世代有很強的感受，肯對神說：「是的，我願意。」那我們這些有著健康身體的人，豈不是更應該認真的活出對自己所處世代的責任與命定。

那原本和我是不同世代的蘇恩佩，因為死亡將我們連繫在一起，沒想到，卻也顛覆了我的想法和未來的走向。我想，縱使長夜漫漫，縱使前路迂迴難行，我也不怕。有主牽手同行，我不怕！我期許自己的人生，是將神的祝福帶給我身邊更多更多的人！

她的仄徑：不敢不為之

/ 黃靜嫺

2012年4月，是蘇恩佩逝世三十周年的日子。被恩佩生命摯友們邀請肩負策劃「把火種撒在地上——蘇恩佩生命反思會」的重任，實在不敢為之，更不敢不為之。

蘇恩佩是眾所周知的突破創辦人，機構的「祖師婆婆」；我對這名字固然熟悉，卻又實在陌生。加入突破的時候，恩佩已離世十多年了。我從沒有見過她，對她的認識，只有通過眾前輩不斷地憶述中瞥見她的影兒，依稀記得讀過她一些文章，在昔日影象中聽過她一兩句柔聲細語。

逝世整整三十年，為何仍有那麼多人懷念她？辦紀念晚會，期望讓新一代認識蘇恩佩，啟發他們更熱愛生命、積極參與改變社會——真的會有青年人來嗎？紀念活動要怎樣辦？我帶著戰兢的心情，接過這個任務。

* * *

六、七十年代，香港的工商業、民生經歷急劇變化，但經濟加速發展的同時，政府部門貪污成風；加上「黃賭毒黑」問題猖獗，住屋、衛生、環境、教育、醫療等社會建設千瘡百孔，社會動盪不安，市民難以在當中安身立命。蘇恩佩看到的，是一個階級分明、貧富懸殊的社會，是一個混亂不堪、令人窒息的社會。

認真翻看蘇恩佩的散文及小説文集，嘗試從字裡行間去感受她對社會的悲憤，分享她對生命的熱情和奮進。蘇恩佩想為香港這城市多作一點，但她患的甲狀腺癌卻要她每分每刻與病魔搏鬥。她強烈地為著人世間的罪惡而悲傷，強烈地感到自己的不足，向上帝呼喊：「上帝啊，我能為這城市做什麼？我有的只是一個病弱的身軀和一枝禿筆。」

面對上帝的揀選，我們或許只有兩個選擇：「充耳不聞」，或「是的，我願意」。但一個癌症病人，還要作這個決定嗎？不是可以「免役」嗎？到底是上帝揀選了這個荏弱的女子，還是她硬要逞強為主作工？

七十年代初，蘇恩佩的癌症復發，原打算到新加坡養病的她，竟先後在幾年間分別在新加坡及香港創立了《前哨》及《突破》雜誌；此外，還繼續寫作，辦輔導，後期更創辦《突破少年》雜誌，忙得不可開交。坦白説，我這個讀者一方面恨她沒有好好休息，不懂愛惜自己的身體，另一方面卻又質疑為何上帝要對她這樣嚴厲，把如此多重擔壓在她身上。

到翻開她的自傳式小說《仄徑》時，我彷彿找到了一點亮光。我嘗試抽取其中片段，改編成短劇《她的仄徑》，希望藉小說中司徒苑、林達輝及張崇清三個角色的對白，與反思會觀眾分享蘇恩佩的心路歷程。

清：最近我一直喺度諗，「完全委身基督」係乜嘢意思。嗱，我哋返工，總有放工時間；打工又可以揀全職、半職或散工；就算點忙，都冇話完全奉獻晒所有。所以我唔係好明乜嘢叫做「完全委身」。我知道你過來呢邊喺讀神學，我想問，基督徒可唔可以局部委身畀基督㗎？

（司徒苑想開口說話，清接著說）

清：我係話，基督徒可唔可以畀自己保留番一部分主權呢？當然，我哋都希望有屬靈嘅福分，我哋都知道神的旨意係最好嘅。但係呢一種想法係從永恒嘅角度嚟睇；如果從現實生活嚟睇，可能就唔係最好㗎嘞。假如神的旨意係要我掃街，咁從實際生活嚟講，咁樣遵從神嘅旨意係咪太可憐呢？

苑：神的旨意未必如你所想咁樣……（司徒苑未說完，清接著說）

清：（投入自己的思考中）我又點知乜嘢係神嘅旨意？（困惑地）我覺得好飄渺、好難明白呀！就算我將前途交喺神手裡面，我點肯定佢嘅安排係我鐘意嘅呢？將一切選擇權交畀神，哇，好冒險呀！而且，咁樣做人好似唔係好負責任。所以我想知，基督徒可唔可以局部委身畀基督呢？

苑：（細心聆聽著，點頭表示明白清的困惑，稍為想想）呢個唔係「可唔可以」嘅問題，而係意志上抉擇嘅問題。我諗，實際上大多數基督徒都係過緊你所講嘅果種局部委身嘅生活。神畀咗好多自由我哋去選擇點樣過生活（懇切地說）其實神嘅旨意同人嘅選擇可以係冇衝突㗎。

當我重溫幾個月前寫下的，看到的竟然不是我對蘇恩佩生命的註釋，而是恩佩前輩對我的敦促和提醒，反映了我當下對委身基督的掙扎。

改編短劇的當時，我已從全職生涯退下了一段日子，一邊做些兼職工作，一邊等候上帝差派下一個任務。我開始等得不耐煩，上帝藉恩佩的文字提醒我，其實「神的旨意跟人的選擇是沒有衝突的」。恩佩站在十字路口，順著上帝的帶領，也是她的選擇，無論多窄多難的路，都定意走下去。

三十年後，恩佩的文字，依然教人觸動。就在那刻，我釋去疑慮，更深切明白這次反思會的意義。

4月12日反思會上，除了戲劇和音樂演出之外，一眾曾受恩佩激勵及教導的好友和後輩，分享他們眼中的蘇恩佩，如何以生命啟發他們，以及過去三十年來對他們的影響。

這天晚上，我望著魚貫進場的人群，有老有少，席間接近八百位來賓。反思會後，這邊廂有一位中年校長走過來跟我說，他曾經如何受恩佩栽培和啟發；那邊廂另一位青年朋友趣味盎然地分享，她被恩佩前輩仄徑般的生命所感動。我更確信，上帝再一次藉恩佩的生命向我們說話。

〈路加福音〉十二章49節形容主耶穌來是要把火丟在地上，使火著起來；蘇恩佩接過火棒，把生命的火種傳開。我猜想，蘇恩佩當日面對那些又大又難的挑戰，憑她自己， 實不敢為之；然而當她慎而重之地接過上帝交託的使命，她更是不敢不為之。上帝藉著恩佩軟弱的身軀，成就祂對一代人的生命工程。

*　*　*

今天，正如恩佩前輩在〈迷失的一代〉中指出，我們須要忠實地生活：

> 然而今天我們所需要的是勇敢地正視現實，忠實地生活的人。我們不一定需要出類拔萃之才，我們更不需要只會在奮興會中高呼口號的人；我們所需要的是認清自己、認清現實，而又沒有失去那燃燒在我們裡面性靈的火花的人；我們所需要的是忠耿地作著平凡的事，堅毅地負起責任，而又肯為著超越自己的目標付出代價的人。……除非我們悟到我們是迷失的，我們不能尋回自己。

近來我重新投入全職工作，盼望我能認清自己，學習「忠耿地作著平凡事，堅毅地負起責任」，竭力保存裡面那點靈火，接過上帝「另一項任務」。憑己力我真的不敢為之；然而，靠著那加給我力量的，不敢不為之。

我能為這城市做甚麼？

／劉孝偉

四月十一日，有份創辦突破機構的蘇恩佩前輩安息主懷三十周年，數百位基督徒齊集在信義會真理堂，在燭光、十架、詩歌下，一起追思燃點無數生命的她。我和恩佩前輩活在不同的時空，彼此從未相遇，但這一夜，卻感受到她仍在說話。

通過蔡元雲醫生、余達心牧師、江丕盛教授、盧龍光牧師和文蘭芳女士分享跟恩佩前輩的相處點滴，一幕一幕他們共處的片段彷彿活現於大家眼前，也活現了恩佩前輩對文字精鍊的要求、對夢想堅毅的守護、對社會的關注、對同工和朋友的在乎、對生命的執著、對基督的委身……使我深受感動。

可是同時，內心卻又有一份說不出的難堪與激動。想起1972年，恩佩前輩曾經這樣寫：「這個城市發展得太快，變得太多了。只有天空沒有變……而變得最厲害的是我們的社會、我們的青年人……上帝啊，我能為這城市做什麼？……我有的只是一個病弱的身軀、一枝禿筆。從來沒有像現在那樣強烈地為着人世間的罪惡而悲傷，從來沒有那樣強烈地感到自己的不足。」

蔡醫說得好，如果恩佩前輩尚在人間，她今天也應該繼續在哭泣與痛心，因為在四十年後的今天，我們的城市變得更快、更壞，年輕人也因受傳媒、網上文化的渲染，更形早熟和扭曲，早早就失去了那份應有的悸動與夢想。

那個火紅的年代，恩佩前輩拖著蹣跚的腳步、隨時枯萎的身軀，勇敢地帶領著一群火熱的年輕人尋找出路，結果她所說的那枝禿筆，竟造就了突破機構的誕生，在接下來的四十年，正面地影響了不知凡幾的青少年——相信這也許是恩佩前輩未有所料，卻是上帝一一給成就了。

到了今天，我們這一代的年輕基督徒，包括我自己，又在做什麼呢？是否跟沒有信仰的人一樣，只忙於追逐名利、學歷、社會地位、身分認同？縱或有事奉，會否也只是視作消閒或事務性的活動？可有想過假如每人多走一步，便能讓神使用更多？抑或被疲憊、挫折、多一事不如少一事的心態窒礙，甚至也許連自己都相信了——世界已經沒有轉變的空間？

今天，我們不也該要謙卑地問上帝，自己能為這城市做什麼？雖然微小，雖然明知所做的也許只像把一塊小石投向大海，但卻不能不問不幹。寫一篇文章也好，為身邊有需要的人作一點付出也好，可以做的，相信還有許多。

當然，動與靜是缺一不可的。在會上，蔡醫分享了恩佩前輩的一段軼事：在離世前有一段日子，她常走到自己將下葬的墓地前靈修、靜思，反映她除了動，還有靜的時間，而且一動一靜，源頭都是上帝，並不是隨己意而行。就像耶穌那樣，時常熾熱地走在最前線，卻又極珍視跟上帝靜處的空間。恩佩前輩很喜歡「祭壇的火不能熄滅」這一節經文，今天就它提醒讓我們再立志：一起定意為主而動，為主而靜；為這城市多走一步，效法基督將生命燃燒。

與蘇恩佩跨越時空的相遇

/ 羅博學

我對恩佩老師的第一印象便格外好，文如其人，書如其人，儘管我還沒有詳細閱讀她的文字。

許多時候，我對閱讀漸漸失去興趣，總覺在閱讀中找尋不到生命裡真實的養料，外界充斥著太多暢銷或不暢銷讀物，傾向於實用與批判，不經意間，成為禍害理性的始作俑者。家中的四萬餘冊藏書，曾經視若至寶，如今也無法再給我任何感動，對各名家的散文著作，更是漸行漸遠。

這是一個審美疲勞、閱讀膚淺的時代。

當我手捧這本沉甸甸的《蘇恩佩文集》，且是散文和書信卷，且為繁體豎排版，似乎有不想去讀的念頭。這時候，淑潔老師的話使我改變主意：「相信你也會喜歡她的。」我們走在彼此歡喜的旅途中。

午夜時分，打開書。窗外奔騰的車輛也不能攪擾靈魂與靈魂之間的對話。我看到了恩佩不同年代的舊照片，和六、七十年代中國清一色的服裝系統大相徑庭。那些影像散發著獨特的時代氣息，是一個青春生命的完整寫照。她頗具氣質，且瀰漫著精神貴族的氣質。略帶微笑的面孔，顯示出成熟基督徒內在生命的溫柔與喜樂。在她為數不少的休閒裝的影像中，顯示出積極活躍的社會參與，比如有一張是她1981年在北京天安門和搖籃裡的嬰兒留影，還有一張是她向學生佈道的留念，皆為黑白影像，訴說著她在困難時期所走過的歲月。

恩佩在時局的動盪、繁忙的工作學習之餘，個人健康又是每下愈況中，為後來者留下煌煌數百萬字的作品，僅僅這種精神，不能不令人感動。

這樣的文字，我便徑直讀了下去，這是我事先未曾預料到的，居然比閱讀簡體版還要輕省。我沒有系統學過繁體字，但是閱讀繁體版竟十分流暢，極為生僻的字也可瞬間領悟，這一度引起朋友的激賞。我說：全然屬於恩典。

恩佩老師的語言風格敘述簡潔、真誠，又頗具技巧，但不生硬，極具靈性地娓娓道來，不輕易摻雜個人的主觀評論，只將細節敘述，將中心表明，且依靠真理的方向，讓讀者產生反思和回味，直接向讀者的靈魂深處探入，使我在主人公的遭遇中，似乎也隱隱看到了自己的影子，讀來如沐春風。

有一篇，她寫《神學生的矛盾》，誠懇地介入對方的生命深處，挖掘他在教會及神學院中所受的傷害，又通過他離開神學院和教會，在社會職業上一番拼搏，至終依然怨恨難平的經歷，剖析其心理，使其自我中心的心理癥結被緩慢呈現，字裡行間，始終沒有任何批評字句，也不下任何「屬靈」的定義，反而帶著深摯的愛與理解，對一個困境中的生命施以援手，便無形中彰顯了信仰的高度。她在寫作中見證了雙向的真實：對主人公的真實以及對信仰者團體內部的真實，並不回避，而是客觀公允且頗具悲憫地陳述，為要找到一個合理的解釋和出口。這樣，為誠信真實作見證，便有了靈性的深度。

《失落的性靈》一文，寫了一位從前酷愛中國古典文學，為了更理想的物質生活，大學時選讀物理學並在美國留學之後成為科技工作者。而他表層的生活狀態下，隱藏的竟是無限空虛的心靈，似乎整個生活演變為一部急速運轉卻又毫無內核的機器，委實令他痛苦難堪。直到他遇見了一位基督徒女生，她告訴他，事實上也是蘇恩佩告訴我們：「這世紀的悲哀在人性的機械化，在性靈的失落。」文中沒有說他立即成為基督徒，只寫到他渴望重新燃燒裡面許久以來已熄滅的火。恩佩所處的時代，遠不如今天這樣科技迅猛發展，她以超越的視野和先知的靈，看到了21世紀的悲哀，而她的擔憂——人性的機械化，性靈的失落——如果不被正視獲和補救，未來真是一片荒漠。她的看見給了我們這樣的啟發。

這本書，我會一直讀下去，還可以和好友一起分享。不僅是讀，並且轉換為生命的氧氣。現在唯讀了開始的幾章，卻已大有所得，有窺一斑而見全豹的樂趣。翻閱了目錄部分，別樣的選題已暗含著獨到的視角：

〈只有「明星」，沒有「演員」〉

〈大江東去〉

〈多樣貌的城市生〉

〈放眼看世界——七十年代文化藝術潮流〉

〈《密室》——藝術的經驗，屬靈的經驗〉

〈在磐石的蔭庇裡——隱秘處的靈交〉

〈簡樸生活的實踐〉

〈我們再沒有別的選擇〉

〈城中的死亡〉

〈我們應有的政治意識——海外中國基督徒知識份子必須正視的現實〉

〈千紙鶴——淺談日本人對死亡的觀念〉

〈沉浸於歷史緩流的一季〉

〈我能為這個城市做什麼？〉

〈這一代的先知在哪裡？〉

……

這些浩然正氣的選題，已遠超柔弱女性的心靈視野，惟獨有著天上的呼召和聖靈澆灌的人，才能看到天上的河流蕩滌歷史的塵埃。從這些命題可以看出，恩佩前輩既是一位學者型基督徒，是一位關懷現實並且擁抱現實的自由主義知識份子（她的自由，是在耶穌基督裡蒙恩的真自由），也是一位深具屬靈品質的靈修作家。

這本十多年前出版的書，這位離開我們三十年的女性，她的微潤的聲音，現在聽時，依然帶著奇異的力量，穿越時空的隧道，告訴我們幸福的方向。在《基督徒與文藝創作》這篇論文中，可以看到恩佩閱讀的廣度和思考層面的深度，她同時具有了神學的高度、文學的魅力、哲學的思辨、與生命的真實流露。她將寫作與生命融為一體，將閱讀與信仰融為一體，因而，讀到她簡約、樸素、潔淨的文字，如同看到一份被神觸摸的生命畫卷，在你面前緩緩展開。

薪傳有火於今世

那些年，她燃點了我們，燒盡了自己

/ 余達心

一九七五年初，還有兩個學季（quarters），我便要在美國福樂神學院畢業，等着回港參與中國神學研究院創校。就在那時我突然收到恩佩的信，信中提到她看過我在《抉擇》寫的文章，很欣賞，想到我會否有興趣在回港後參與《突破》的編輯小組。我是一個年輕人，接到這樣的邀請，自然興奮不已。然而，看到信末才知道自己是否真的能參與，仍要通過一關測試，就是我需要提交一篇文章給她審閱。我歡然照辦。

回港後，她邀約我到當時位於德成街的突破辦公室見她。在她辦公室外等了差不多一句鐘，心中已頗不是味兒，快要發作的時候，她從辦公室出來，熱誠的握着我的手良久，我的不悅全消。但待我見到枱頭前擺着自己早前呈上的文章，滿佈着紅色的批改，不悅的情緒又再湧上心頭。心想，我雖不是甚麼出色的作家，但寫文章也自問不算太差，沒想到會給人批改得如此狠，真想掉頭便走，幸好當時給恩佩溫柔的笑容溶化了，便按下情緒且聽她有什麼要說的。一聽，可使我感動了。她坦率的告訴我，文章要寫得更好，便得再下苦工。跟着她耐心地為我分析，指出我需要注意的地方；從文章主題的清晰表達，到論述的鋪排，以至用詞，她都以我那篇百孔千瘡的文章作示範，一一向我細述。聽着，聽着，我佩服不已。心想，她用了多少時間細閱、剖析我那篇不合格的文章？為何要如此費勁？可不是為了要幫助一個新進的文字工作者，提升他的能力？她坦率的批評為的是要建立我。從那次與恩佩見面開始，我認識到一個很特別的人，一個不會只顧與你談異象，講事奉，策劃事工的人，而是願意化時間、心力在你身上，悉心去栽培你的這樣的一個人。她與你同工就是與你同行，用她的心靈、信念、感情和生活情趣融注入與你的交往中。無怪乎，相識短短數年中，她成了我最好的朋友。何只是我，她身邊很多的人都以她為很要好的朋友。

恩佩對我生命可謂有很大的衝擊，其中最重要的有兩方面。第一，從她身上，我看到什麼是「重價恩典」。恩佩早年寫了一篇介紹潘霍華《追隨基督》的文章，文章劈頭第一句話就用潘霍華書中的一句話：「當耶穌呼召一個人，祂召他來，為祂死。」（“When Jesus calls a man, He bids him come and die.”）這句話深深的打動我不單因為這句話的震撼力，更因為是恩佩的詮釋和她生命的演繹。恩佩引述潘霍華的話鏗然有力地指出，上帝透過基督給予我們的恩典是「重價恩典」，這恩典之所以重乃因它要上帝付出祂的兒子作為代價。看今日的教會，領受了重價恩典，卻將它轉化成「廉價恩典」。什麼是「廉價恩典」？「廉價恩典」宣告赦罪卻沒有要求悔改，叫人受洗卻不要求認罪與認真的宣認信仰，叫人參加教會卻沒有要求投入真的生命契合，也不講教會紀律，「廉價恩典」叫人信奉基督教卻不用追隨基督，總之信仰毋須付出任何代價。潘霍華為對抗納粹而殉道，但在恩佩身上，我看到另一種的殉道，就是每日在平常的生活中，為基督捨棄自己，向自己以自我為中心的執着、欲望、追求、習性死，為服侍、成全他者全然的擺上自己。今日的教會，恩佩當時服侍的教會，何等需要這重價恩典的信息與生命示範。

恩佩對我另一方面的影響乃在她對香港這城市的委身與無保留的擺上。她為這城市憂傷，甚而為她哭泣，為之操勞而至心力交瘁。這是一個怎麼樣的城市？七十年代的香港是一個不甚可愛的城市。她沒有國家民族身份，沒有文化的根，而在文化大革命的陰影下，更添一份無奈與無力的感覺。同時，在不容忍任何社會理想的殖民政府的治下，整個社會沒有遠象，沒有發展的藍圖，有的只是商業的考慮。六零年代港督戴麟趾這樣說：「我們只是商人，所關注的是每日慣常的營業。」（“We are only businessmen doing our daily round of business.”）鼓勵政治冷感和對任何理想的麻木，是殖民政府的策略。當時香港的工商業正開始起飛，市場主導的思維方式亦開始冒起，大城市的涼薄，傳統價值的動搖，也慢慢的浮現。不少年青人感到迷失而活在苦悶當中，只能躲進電影院，受充斥着枕頭與拳頭（色情與暴力）的電影所麻醉，或受電視歡樂今宵文化所荼毒。的確，越是有理想的青年人便越感鬱悶。就在這時候，恩佩從新加坡回港養病，回到她自認沒有歸屬感的地方。然而，她很快便感受到這城市的痛楚，她覺得自己不能坐視。她說：「我有推不掉的責任，盡管我身體輭弱，我還有一管禿筆。」於是她起來，向社會吶喊，向慣於廉價恩典的教會吶喊。她說：「我沒有選擇的餘地……要肩負先知的使命，宣告神的審判和憐憫，在社會伸張正義……時代不容我過安逸的日子。」就這樣，她低調卻充滿強烈激情的喊出了對我們極具震撼的口號：與其詛咒黑暗，不如燃燒自己。

那些年，我們一群二十多歲的年輕小伙子，受恩佩的感染，有情，有夢，毫不計較付出多少，也沒有計算這投入參與會對自己的事業發展會有什麼影響，只知全情地投入參與，只看到可以盡己，出一分力，叫別人的生命可以更豐富，更積極，叫這城市更美好。這一段的日子，我們感到生命非常刺激、充實和精彩。

「民無異象就放肆！」那些年，跟恩佩在一起，我們不單沒有放肆，我們更委身，擺上自己，亦因為這緣故感到生命有一份重量，有光和熱從生命透出，因為我們正燃燒自己的生命。

卅年回望身後事
——今日教會群體所虧欠蘇恩佩前輩的

/ 任志強

四十多年前某天，美國某個寧靜優美的大學校園裡，兩位華人基督徒留學生談到畢業後的去向，互相之間非常不以為然。感情要好的兩姊妹，此刻針鋒相對……

納莉對司徒苑的想法很是困惑，問道：難道一個亞洲的基督徒，不回去亞洲工作，是不對的嗎？

司徒苑痛苦的盯著納莉，說：但是，當你看到全世界最優秀的人才，尤其來自亞洲的，都集中在美國，而亞洲卻一片貧乏荒涼的景象，你能夠無動於衷嗎？

這是蘇恩佩所著小說《仄徑》裡的片段。《仄徑》或許帶有相當的自傳成份，司徒苑決定告別所愛，告別美國小鎮的寧靜安舒，回到家鄉服侍被遺忘的人群；蘇恩佩也回到亞洲——先是經濟尚未起飛的台灣，然後是社會充滿暗湧的新加坡，最後是她出生長大的香港，在三地從事（更正確來說是開創）跟青年人有關的文字與文化工作，直至1982年復活節離世。

《仄徑》裡司徒苑這幾句簡單的話，曾經搖撼過不知多少寄居異國的基督徒學子的心靈，決志回歸鄉土懷抱。蘇恩佩帶著患癌的軟弱身軀，仍展現過人的生命力，同樣感召過無數自感脆弱不全的年輕生命，為上主的國度而燃燒。

恩佩前輩做過的事不算很多，說話更不多，卻以緩慢而優雅的動作，微小的聲音，做了、說了一些當年足以震撼華人教會甚至普世基督教的事情，直到今天，恐怕我們還沒真正接過她三十多年前拋出來的球。

直視社會，面向文化

四十年前，恩佩前輩健康崩潰回港養病，卻跟一片急劇都市化、傳統人倫和價值迅速瓦解的地方碰撞，凝視著正在尋索自我身份而無所適從的年輕一代，於是向上主慨嘆：我能為這城市做什麼？

有人按字面閱讀，以為那是站在道德高地發出的救世者之言，殊不知那其實是一個自感無能為力的絕症病人，不忍見世道崩壞、一代迷失而心焦如焚的哀鳴。一闕現代哀歌，促成了《突破》雜誌和後來發展成的『突破』運動誕生。

雜誌講香港，講鄉土，講青年人的文化和生活，卻幾乎沒有叫人信耶穌。青年學生愛讀，傳媒為之側目，唯獨教會群體渾身不舒服，拋出十萬個為什麼：動用這麼多人力物力，出版了如此精美的刊物，怎麼不把握機會傳福音？類似的疑問，連參與《突破》事工的團隊中間都有。

結果蘇恩佩煞有介事的在基督教報刊撰文，解說他們的事工理念，令『福音預工』的概念首次正式進入華人教會的詞彙裡。『福音預工』(pre-evangelism) 本由伊利諾州惠頓大學 (Wheaton College, Illinois) 傳播學教授 James F. Engel所提倡，建基於其市場營銷和消費者行為的研究，提出一套『屬靈決志模式』(spiritual decision-making model)，以解釋傳教和決志的宗教行為，認為人接受基督並非一次過的事件，而是個漫長過程，先要經過很多預備功夫。

幾年之間，『福音預工』頓然成了教會領袖的『關鍵詞』，動不動掛在口頭；一些不喜歡整天『講耶穌』的信徒，也發現原來自己所做其他諸般事情，都未必跟傳福音無關，安撫了自己『不傳福音有禍了』的良心不安。

然而，一般人（甚至當年眾多『突破人』）所想當然的『福音預工』，甚或Engel所講的一套市場銷售式傳教，跟蘇恩佩心目中的，恐怕並不一樣。

蘇恩佩是位真正而且別具一格的基督徒文化工作者。她關心的，是文化、是土壤、是氣候，而非只是很多人心目中的流 撒種，把一個個『個人』推到信主的邊緣，待教會歡呼收割。

這幾十年來，香港本地和普世華人教會的主流，不是沒有談文化，卻是『得把口，唔埋身』(paying lip service without engaging)，關心的是聚會人數、奉獻數目、擴堂；基督教傳播機構也玩同樣的遊戲，不斷強化堂會的『跑數』、『擴張』心態。文化在教會裡沒有市場，即是不會有教會支持，不能令人包場和緊急奉獻的，不碰也罷。

一代接一代的文化盲 (cultural illiterate) 由此而生，基督教傳媒工作也不斷助長這種文化盲。於是，我們有愈來愈突出的堂會文化，愈來愈蓬勃的媒體工作，卻沒有真正進入文化之中的文化工作。

背景保守，取向前沿

蘇恩佩在上世紀四五十年代的香港長大，跟那時絕大部份本地華人基督徒一樣，承襲著甚為保守的信仰背景。只是她自小即流露對基層、貧窮人、弱勢群體的特別擁抱，對教會只管靠攏上層社會頗為厭惡。

那個年代，連最前衛的神學界都尚未『重新發現』上帝對弱者的特殊眷顧，恩佩前輩已經刻意選擇到荃灣教小學——1957年的荃灣，是個位處邊陲的荒蕪鄉鎮，她說自己是『學習愛護一群貧窮和被人忽視的孩子，了解他們，幫助他們。而我自己也透過給予來享受生命的豐盛。』

1963年，蘇恩佩到美國讀書，選校抉擇也反映出她的保守背景。她一開始入讀神學立場非常保守的芝加哥慕迪聖經學院（Moody Bible Institute），一年後就轉到位於芝加哥近郊、溫和福音信仰的惠頓大學讀文學。從當時『只管天上的事』的慕迪，轉到會談文化、講神學、論世情的惠頓，轉校其實標誌著學術和信仰視野的轉移。

六十年代的美國，是飽經越戰洗禮的時代，是嬉皮士反建制精神探索自我的時代；在宗教和神學上，是『神死神學』（God-is-Dead Theology）興起的時代，也是正視社會實況、擁抱神學學術的新福音信仰（New Evangelicalism）開始萌芽的時代。蘇恩佩適逢其會，在那個年代的美國大學校園，涉獵了好些宗師級的二十世紀神學家著作，包括當時絕大部份華人信徒甚至不少神學生都未聽過的、連公認中文譯名都未有的Dietrich Bonhoeffer（潘霍華，蘇恩佩稱為邦可法）和當時仍然在世的Paul Tillich（田立克）。

後來，蘇恩佩在台灣《校園》雜誌工作的時候，寫了一系列的文章，向中文讀者簡介這些現代神學家的思想，之後再把文章重新整理加工，結集成《基督教神學思想簡介》(台北：校園，1971)，是七八十年代眾多華人基督徒大學生的神學入門南針，在思潮洶湧的校園裡，讓學子知所定位。

八十年代伊始，恩佩前輩又把Richard Foster那套跟華人教會傳統大相徑庭的屬靈操練、和法國哲學兼社會學兼神學家Jacques Ellul的思想推介來香港。那時突破出版社一眾編輯同工，人手一冊The Presence of the Kingdom (1967)，由她帶領每週分組閱讀，有如小組查經。他們可能是華人信徒之中最早有規模地閱讀Ellul的人。

因著華人教會主流的信仰傳統，不少信徒都在極保守的教會背景下成長，卻少有像蘇恩佩那樣，放開胸懷，涉獵各方不同的信仰思潮，開拓視野，天天在上主面前戰戰兢兢的檢視自己所立之地，反而長年龜縮於一套經不起考驗的『背金句』信仰，抱著兒時主日學和青少年團契所學走天涯。若是教會領導人，攬著如此的信仰氣質和視野，真箇貽害眾生。

正視桎梏，衝擊霸權

恩佩前輩離開世界之前那一年之內，在《突破》雜誌親自策動了兩個重量級的專題：『簡樸生活』和『婦女解放』。

提倡『簡樸生活』，實質上是對當時這個經濟瘋狂發展的城市提出異議，以溫柔的語言，卑微的實踐，衝著當時日漸茁壯的年青中產階級之中某個圈子所鼓吹的『逍 放任的充裕生活』。當年『簡樸生活』在香港也曾引起過社會點點迴響，只是大眾着眼於經濟發展、物質享受，全民做著金融中心的千秋大夢，全面擁抱資本主義社會那種消費、 棄、再消費的金科玉律，面對『簡樸生活』這枝當頭的小棒，口中講論：噢真有意思，便敬而遠之。

及至蘇恩佩離世，『簡樸生活』失去了一個德高望重的embodiment和全力推進的箭頭，其他同代的突破人，也 有多少位掌握到『簡樸』的深遠含義。不消多久，這股走在時代前端的先知呼聲，就漸漸化作飛灰了。

社會價值單一化，消費主義對人的制宰奴役，令蘇恩佩深感不安；女性在社會和教會裡遭遇到的轄制和踐踏，更叫她憤怒。前輩的最後遺作是『婦女解放』，擺明車馬衝著封閉保守的華人基督教群體而來，火力之猛烈，不在歷史現場裡閱讀根本難以領略，不過引起的暗湧明湧也不難想像，總之是耶穌出生那樣，搞得『全城的人也都不安』，連『突破』團隊裡面某些男同工也都不安。

可幸前輩在這個專題推出之後不久就安息了，不用面對隨之而來的壓力；但也不幸她這麼早去，女性運動失去了一個非常獨特的、溫婉而堅毅的旗手。

血肉之軀，不是神話

恩佩前輩就是這樣，生命的最後一段路程，還是看準咱們社會和教會最痛之處，直插下去。語態溫婉，聲音微小，但是靜心細聽，或者像她一樣以敏銳心靈感受一下整個處境，就會領略到先知的火燎。

可別忘記，蘇恩佩只不過是個平凡的血肉之軀，跟我們性情一樣。只是我們都行動太快了，都說話太大聲了，想做成的事情太多了，自己的感受也太重要了，也就看不見眼前那明顯的，或者選擇不去理會那明顯的，就如社會的荒謬，教會的怪誕，還有上帝期望的公義憐憫。

——刊於《時代論壇》1284期（2012年4月8日）

恩佩，今天仍在説話

/ 梁柏堅

在2012年7月29日的反國民教育科遊行，很多家長在烈日下帶著子女上街，表達不滿，其中記者訪問了一個看似十歲不到的小妹妹。年紀小小的她頂着一把淺紫紅色的陽傘，在電視台的攝錄機面前，她說出上街表達意見的理由：「我想為香港做點好事，不想以後的世界變得很差。」

不知怎的，看着小妹妹的這份赤誠，我就想起蘇恩佩那句著名的說話：「我能為這城市做什麼？」

微聲的起點

蘇恩佩於1972年底，帶着消瘦了十磅的身軀，從新加坡回到她的「第一故鄉」香港，是為了養病。她在新加坡帶領一羣經驗尚淺的青年朋友，懷着一股熱誠，於新加坡南洋大學籌備出版《前哨》雜誌。在生活操勞和使命的負荷下，她需要服用重分量的甲狀腺藥物來抑制癌細胞的蔓延，又服用相當分量的鎮靜劑來壓住藥物的副作用。

當時的香港，不住的填海，推土機把青綠的山嶺剷平，置換上形狀醜陋的建築。香港這個物慾高漲的城市使她感到陌生。在這種氛圍中人變得貪婪，人性扭曲了，變得無情、暴力，治安也很差，而教會卻被中產階級的文化和視野佔據，基督福音的大能隱沒在循規蹈矩的每週聚會中。

這時，她沒有正式的工作，只感到生命停頓了，什麼也做不成，孑然一身，精力不繼。「我能為這個城市做什麼？」這句說話，與其說是振臂一呼的激昂，倒不如說是蘇恩佩帶着哀傷的禱告來得更貼切——她所祈求的，是自己能真心相信《聖經》的說話：「這福音本是神的大能，要救一切相信的。」

而在接下來1973年的春天，上帝彷彿聽見了她的禱告，一班志同道合的基督徒朋友聚在一起，計劃出版一本不以明星、歌星的巨照做封面，不以報道明星私生活、星座、時裝作噱頭的雜誌，而要成為社會的良心、先知的聲音，適切時下青年的需要。這，就是《突破》雜誌誕生的故事。

按文獻所記，當時這個以籌備雜誌為目的的小組，名為「福音期刊籌備會」。換言之，雜誌期刊只是展現形式，福音信仰才是內容重點。但在基督徒只佔人口幾個百分點的香港社會，一份面向整體社會的基督教刊物，如何能訴說福音洞見的力量？

從蘇恩佩過去曾參與過的刊物看來，我相信她一開始時也許沒想過，這本雜誌竟會演化成一場文化運動。

精神的傳承

我從未見過蘇恩佩，她是前輩的前輩。別說我未見過她，就連很多深受她影響過的前輩我也沒見過。我對蘇恩佩這個人感到興趣，大概是三、四年前，即是我加入「突破」機構的十五年後。

當時我和編輯團隊，正為着突破書誌《Breakazine!》頭昏腦脹、廢寢忘餐。草創一本刊物實在艱辛，四方八面的期望和批評把我們擠壓得透不過氣，背後更是由於前人早已留下《突破》雜誌這樣一份影響過許多人的刊物在前，往昔的輝煌成為壓在肩頭上的重擔。

正如任何人也曾年輕過，經驗從來都是要在年月中累積，即使《突破》雜誌曾啟發過無數的讀者，這刊物走過的路也可以成為我們今天的參考吧？也許是聽別人說得太多，加上我對溢美言辭總是抱有懷疑態度，我終於按捺不住，開始仔細閱讀蘇恩佩。揭着發黃的書頁，前輩們的心思、70年代的社會困境，一點一滴在字裏行間滲透出來。愈讀進去，愈感到蘇恩佩也許經常活在一種不協調的張力之中：個人與社羣、躁動與寧謐、男人與女人、中產與邊緣、生存與死亡，不斷在她的筆下徘徊。

而福音信仰，就是在這些張力和脈絡下細細滲出。

說是滲出，這是由於《突破》不像一般基督教刊物，福音信仰是存在於在字裏行間，存在於角度的選擇，存在於作者的氣質，而非單單把《聖經》經文貼在文章以表明信仰來源。但不少基督徒對此卻不以為然，認為《突破》並沒有在講信仰講福音，徒具基督徒之名。

蘇恩佩為此以「鬆土」這個概念，陳明雜誌所做的，是在社會文化層面耙開硬土，預備大眾的心靈接受福音信仰的種籽。然而在我看來，這耙開硬土，也許更是指耙開基督徒對福音信仰的偏狹理解，把信仰從教會四面牆內的真空狀態釋放出來，重置回具體的、在歷史中的、有血有肉的人間處境。

耶穌基督，是道成肉身的福音；而對肉身處境認識太淺，則是我們今天的信仰難與社會大眾扣連，只能拉進教會聚會中不斷講呀講的原因。

明乎此，《Breakazine!》開始了對社會結構、文化狀況的漫長考察，編輯同工也陸續進修神學課程，好讓刊物在今天複雜的時代中，更好地在具體的處境中拿捏信仰的判斷（discernment），面對困頓不停留在批判責難，而更用力發掘帶來盼望的想法意念、踐行和生命故事。

困頓中的釋放

蘇恩佩的著作不算很多，只需兩冊文集就已把她的書信、劇本、小說，以及在雜誌寫過的文章都一一收錄了。我曾經任職書籍編輯，從那時起建立出一個信念，那就是每一個作者都會有自己所屬的生命主題，編輯的任務就是要發現它，在出版物中組織呈現。

那麼，蘇恩佩的生命主題是什麼？如果由我選擇，我會說是困頓和釋放。

由於癌症，蘇恩佩經常出入醫院，亦特別留意徘徊於生死邊緣的老弱傷殘。死亡如何殘害生命的尊嚴，剝奪生活的美感，她裡面體會特別深刻。她最後一本著作《死亡，別狂傲》，正好說明福音大能在她身上，如何對抗死亡的奴役，如何得着釋放，如何說得出「只有祝福」。

在她主編過的《突破》雜誌中，有兩期專題她特別重視：第七十五期，「簡樸生活」；第九十一期，「婦女解放——先做人　再做女人」。前者是她思想的集大成；後者是她對自己女性身分的吶喊。

蘇恩佩說，簡樸不是簡陋，是指不被物質慾望牢籠，不被奴役，重奪生命的自由；解放婦女也是為了自由，是要從男性主導的文化和社會的目光中釋放，不被奴役—不單是女性要被釋放，男性也是被這種文化所奴役，被要求獨力擔負了各種不必要的責任和意識型態，來鞏固父權社會的虛假形象。

這個意義下，「突破」的意思，就不是在説不斷創新，而是不被奴役，離開為奴之地，進到上帝的應許之地。如果中間有什麼突破創新，那也不是為了創新本身，而是為了脱離積習所帶來的奴役，套上與世俗不同的思維，脱去舊人，穿上新人。

投身與記念

有些遣詞用字，是蘇恩佩特有的，就像，她會把道成肉身 (incarnation) 這個基督教用語寫作「投身」——而她的一生，如何忍着病患身軀的限制，不顧一切的投身到文化的創造、青年的培養，正好把耶穌基督道成肉身的捨己精神演活了。

耶穌基督被捉拿前，和門徒一起吃飯。席間祂以這最後的晚餐來説明自己將會流血捨身，不是為了自己，而是為了眾人，呼籲門徒以此記念祂為這世界所作的，成為後世基督教的重要禮儀。而在〈哥林多前書〉11 章，保羅演繹這聖餐的信息是更明顯了。

> 「我當日傳給你們的，原是從主領受的，就是主耶穌被賣的那一夜，拿起餅來，祝謝了，就擘開，説：『這是我的身體，為

> 你們捨的，你們應當如此行，為的是記念我。』飯後，也照樣拿起杯來，說：『這杯是用我的血所立的新約，你們每逢喝的時候，要如此行，為的是記念我。』你們每逢吃這餅，喝這杯，是表明主的死，直等到他來。所以，無論何人，不按理吃主的餅，喝主的杯，就是干犯主的身、主的血了。人應當自己省察，然後吃這餅、喝這杯。因為人吃喝，若不分辨是主的身體，就是吃喝自己的罪了。」(〈哥林多前書〉11:23-29)

當時教會的人，吃飯只顧自己，正正是不按理吃主的餅、喝主的杯，與聖餐講捨身流血背道而馳。所以這如此行的「如此」，就是不要單顧自己的事，而應學像耶穌基督般為天國捨身。

蘇恩佩是一個捨身的人，是把生命主權交給上帝而捨己的人。如果我們今天仍在記念蘇恩佩，也當記念她如何捨身，如何於人間踐行天國，而非純粹緬懷那已離世逾三十年的人，陶醉於昔日好風光，或者問一些像WWJD (What Would Josephine Do)、「假如蘇恩佩仍在」這類抽離時空的問題，藉研究蘇恩佩來提煉出萬應良方、屬靈原則——如果我們把焦點只放在她身上，而看不見她背後的上帝，我想她或許會喟然嘆息，哭了出來。

今日社會，貧富懸殊，個人主義高漲，蘇恩佩那病弱的身軀和深刻的文筆，帶給我們最大的啟發，在於看見人的渺小、上帝的大能，如何在我們把生命主權放在上帝手中時，成為了世界的祝福。那曾感動恩佩的，今天又要如何感動你我，呼喚我們將身體獻上，突破一己的私人關注，投身公共領域，所行所是皆以天國為念？

附錄

附錄（一）

燒盡、點燃——

蘇恩佩姊妹追思禮拜特刊

目錄

沒有一點遺憾

/ 蔡元雲

「我預備好了，沒有一點遺憾，你放心好了！」

4月10日，我從澳洲撥長途電話到瑪麗醫院與恩佩作最後一次通話，聽到她沉重的呼吸聲和柔弱的聲線，我的心已往下沉，我找不到安慰的說話，倒是她安慰了我。

放下電話，我急步回到自己的房間，倒臥牀上，我哭了；我意味到我會失去這位與我一同開始「突破運動」的親密戰友，與我一同事奉主的摯愛深交。

4月11日，復活節，紀念耶穌基督戰勝死亡榮耀的清晨，我仍在澳洲雪梨郊野的一個景色幽美的營地，獨自坐在河邊默想。忽然聽到幾聲淒厲的鳥鳴，像一個孩童的哭泣聲；我舉頭一望，就在我身旁的樹上，一頭羽毛全黑的鳥（可能是烏鴉）在低調的哀鳴。我立即意會到可能會發生甚麼事，內心的交戰猛烈：幾天前， 恩佩進院的次日，也是我離港的一天，我到醫院探望她，她已經感覺到這可能是最後一次見面了，我卻說：「不要放棄，前面還有連場硬仗！」但是我清晰地聽到她的聲音：「我預備好了，沒有一點遺憾。」我平靜下來，默默向神禱告：「倘若你覺得合適，接她到你懷裏安息吧！」

4月12日，我撥長途電話給太太，天父真的在復活節當天接祂寵愛的女兒恩佩回到自己的懷裏。我太太一直在牀邊伴着恩佩，到最後的一刻。事後我太太重複描述那榮耀的一刻：「恩佩的一生都是這樣美麗，她離世時的面貌仍是那麼美麗，帶着榮耀的光采！」恩佩，我遺憾沒有見到你最後一面，但是我深深明白太太所形容的美麗、榮耀和光采。

我沒法形容我接到這個消息那一刻的感受，那時弟弟在我身旁，整整一小時，我不能講一句説話，只是低頭飲泣。弟弟後來給我一張慰問卡，看來他捕捉到我當時的感受，卡上寫：

I was crushed…
so much so that I despaired even of life,
but that was to make me rely not on myself,
but on the God who raises the dead.
〈哥林多後書〉1：8-9

恩佩，還是你的話安慰了我：

「死亡，別狂傲。……死亡，你未能殺我。」

我知道你仍然活，在父懷裏安息。

「我生命中只有祝福，沒有咒詛。」

與你十年並肩作戰，你那敏銳而豐盛的生命——對自己敏銳的自覺，對他人敏銳的關懷，對時代敏銳的觸覺，對神敏銳的回應，都在我生命中烙下不能磨滅的印記，是永恆的祝福。

「就是『身懸十架』那個人向我重新詮釋了痛苦。……那個人給我的生命賦予意義。」

你比任何人更明白痛苦：疾病的煎熬、感情上的衝擊、遠見者的孤單、被誤會的辛酸；你更承擔香港這城市的哭泣和中國的苦難。然而，苦難沒有叫你喪膽，你那富有意義的生命發出深遠的震撼力。

我現在漸漸明白你為何說出這句不簡單的說話：「沒有一點遺憾！」你安息後，慰問的信件和電報如雪片飛來；台灣和美國的朋友都要開追思會；在香港的追思禮拜，出席者約二千五百人，你的生命，透過你寫的、講的和活出來的，在這些人身上都留下痕跡，你今天仍對他們說話，你生命的火焰仍在千萬人的生命中燃燒。

在「突破」的第二里路上，我相信你仍然與我們同行。我們會繼續為香港的青少年，為文字的救贖，為抗衡文化，把生命獻給那位戰勝死亡的主。

原諒我們的眼淚——在你進入榮耀的日子，原諒我們的唏噓——在千萬天使的歡騰中。更原諒我們的悲傷——在你與救主面對面相談的時候。

你，不過是先走一步。在某一個清晨，你將會在東門內等候、迎迓。

一九八二年四月廿九日

燒盡‧點燃

／何盛華

恩佩是真真正正屬於我們這個城市的。

這不光是因為她生於斯、逝於斯、在香港居住過一段不短的日子，更因為她對這個城市有濃烈感情、深切關懷，並曾為這個城市，付出了她的生命和心血。而她所作的一切，也對這個城市產生了無法估計的影響。

少年時期恩佩姊妹在港島英華女校受教育，預科之後，順利考入香港大學。但她竟然放棄這份人人羨慕的光榮和機會，隻身離開家庭，到當時還相當荒蕪的荃灣小鄉鎮當起小學教師來。在很多人的眼中，這真是非常愚蠢和不可思議的。

回憶起這段生命歷程，恩佩曾說：「人生的道路並非只有一條。我離開家庭的蔭庇，投入一個完全陌生的環境，體驗另一種簇新的生活。我學習去愛護一群貧窮和被人忽視的孩子，了解他們，幫助他們。而我自己也透過給予來享受生命的豐盛。」

青年時代的恩佩，已經是一名生活的勇士。她勇於探索生命，接受人生的挑戰。

恩佩的小鎮教師生涯因癌病發作而中止。當癌病受到控制之後，她竟遠赴美國惠敦大學唸文學。這是她生命中一段休養、吸取、成長的時期。美國自由的學術風氣很適合她，她也極度享受在文學的天地裡，釋放地、忘我地鑽研。但她並沒有被美國式安逸的生活和這一切所迷住，畢業之後，回應神的呼召，到另一個完全陌生的地方——台灣，從事校園福音工作。

恩佩自少女時代開始，已不斷和癌病魔搏鬥。但她有驚人的生命力和意志，幾次病得似乎絕望了，卻又奇蹟似地康復起來，還承擔起比平常人加倍有餘的工作。她先後在台灣、新加坡、香港創辦了四份雜誌——《校園》、《前哨》、《突破》和《突破少年》。並曾擔任前三份雜誌總編輯的職務。

一九七二年，是極度惡劣的健康情況把她從新加坡帶回香港。但她所關切掛念的，並非自己荏弱的身體、死神的威脅，而是這個急遽轉變的城市的罪惡與瘋狂。她天生敏銳的心靈與我們的城市共悲苦與喜樂。常慨嘆物質文明帶來的精神空虛。她的心為這迷惘、無根的一代而淌血、難過。

她不停地求問神：「主啊，我能為這個城市作些甚麼？」

突破運動的產生，是基督徒關心社會的實踐，是把福音的觸角，伸延到社會每個角落。教會嘗試負起影響社會，為鹽為光的責任。

恩佩對文字工作的承擔與熱誠，影響了不少年青基督徒知識份子。深入社會的福音文字路線，必然有不絕後繼的接棒人。

有人說，恩佩的生命有如蠟燭。自己不斷燃燒了，卻把光與溫暖帶給別人。

我呢，與她同工六載，覺得這樣的比喻還不夠貼切。蠟燭燒盡，就沒有了；它所發出的光，也太溫柔微弱。誠然，恩佩是溫柔典雅的女性，但她的內心，卻蘊藏著火般熱誠。這股熱誠使她的人生不斷燃燒，光和熱是很強烈的，並不微弱。

況且，她不單燃燒自己的生命，更有一股極大的感染力，把別人的生命也點燃起來。

與她同工六載，是匆促人生中一段不短的時光，是神帶給我莫大的祝福。

我親眼看見一個美麗生命燒盡，周圍卻有更多年青生命點燃起來。

這本紀念小冊，都是由一些因著她，生命得以點燃起來的人寫的。為了紀念我們摯愛的姊妹——恩佩。

一封寫在心上的信

/ 余達心

恩佩：

我正在靜夜中，呷著濃茶，一面聽Mahler的第四交響樂，一面給你寫信。我很了解你為甚麼如此熱愛這首交響樂；Mahler所描繪的世界與你心靈眼睛所見的世界實在太相近了。對Mahler來說，這個充滿掙扎、悲苦的世界畢竟仍是一個美得令人心醉的世界；縱然死亡威脅著生命，但生命的熱情與盼望卻可以把死亡化成一種生之動力。聽，第四樂章「天使之歌」多美，給人一種優閒飄逸的感覺。你喜歡Mahler描寫的天使世界——不是一個不食人間煙火的世界，也沒有黃金階、碧玉殿，卻是一片親切、淳樸的鄉居景象，一個純真小孩子所喜愛的歡樂世界。Mahler是一個與死亡、與人生悲苦結了不解緣卻對生命執著地欣賞、熱愛的人；恩佩，你也是這樣的一個人。對你來說，生命是一個獻祭，因此你以誠以敬以嚴肅地踏上每一步。你不甘淡泊、膚淺、妥協地生活；你要求自己每一刻整個人投入地去體認、承擔生命對你的要求，並在每一刻把握、欣賞生命的美。不多人了解你對生命那種sense of wonder，那份喜悅與感激，我可非常明白。

你記得在編輯組我們為死刑的問題激烈爭辯，為賭博的問題，為電影的暴力色情憤慨激昂嗎？我最享受的是你在編輯組冗長的報告，你對社會的一些現象，常敏鋭地有強烈感情的反應。讀者來信告訴你不同的遭遇，你會有不同的表情，時而興高采烈，時而悲憫，甚至感到挫敗。對我來説，那真是一段值得懷念的日子。我們不單在工作中感染你生命的激情，更在休閒的時候認識你對真、善、美那種執著的追求。與你交往，我們經歷的是一種生命的交流。還記得一次在長洲，你與我們在黑夜中閒談，從海浪聲談到文藝，從文藝談到中國文化的命運，從大時代的轉變談到個人的願望、理想。你不單投入地享受這閒談，更藉此將我們引入更深的經歷，叫我們觸摸到自己心靈的深處。閒談過後，叫人有一種有重負荷卻又很豐滿的感覺。另一次在十三咪半，你與我們分享你對自己寫作的要求、願望、並所感受的挫折；那一次，是我鼓勵了你。

為著對生命熱切的投入，在一個沉默得驚人的沒有季候的小墟中，你響起低調的吶喊。在一個對生命完全沒有半點敬意、對善和美極少感應的城市，企圖幫助人提高生命的質素彷彿是打一場註定失敗的仗，但你沒有消極、畏縮，你仍執著地企求「自雪中取火」，於是你積極地投入這新一代的生命中。記得在大霧山的那次讀者營，以你這樣纖弱的一個人，你竟與我們一起，早上四時爬上山頂，為的是讓讀者感受寧靜，叫讀者在山與霧之間享受大自然的美。

你去後，我們便更感到孤單。縱然你的吶喊依然在我們的心內迴響，但情況已不大相同了。此刻，我們這些持戟的戰士，感到一陣徬徨、猶疑。但我們記得你常提起，史懷哲 (Schweitzer) 的心葬在蘭巴倫；香港是你的蘭巴倫，也是我們的蘭巴倫。

達心

一九八二年四月十九日淩晨

本事

/ 李淑潔

我不相信手裡抓住的一把黃土，要撒落在你的身上。

黃土石灰重重嘩落而下，一陣煙灰朝上飛揚，令人嗆咳。煙沙過後，我再也看不見你的寢棺了。

這一棵大樹是你所喜歡的。以前你去醫院，看完病，總帶我來這裡小坐，靜靜聽鳥聲樹濤，我們不會談論平日通宵達旦探討的問題。也只有在這裡，從你的臉孔我讀不出你一貫對民族、對這個時代、對周圍人的憂戚。

你的眼睛總朝向那片無邊大海，有無限依戀，夕陽燃燒了半天雲霞，然後瞬息間滾轉跌掉下去，也就灼紅了本來蒼碧的大海。

你終於安睡在這裡，倚山恆守著，歲歲月月的日升日落。

而我，懷著你的心血，又必須踏著泥土，走你所走過的路，一個人來，一個人歸去。

有時候我停下來想想，心裡又有說不出的感激。

一個極平凡而年齡、成熟各方面與你有相當差距的女孩，你怎麼會願意浪費時間認識她？就算我今日遇見那個九年前的我，大概都不會注意她多一眼；然而，你為甚麼無條件接納了我，不單為我，甚至任何一個微不足道的小卒，你的門永是打開的。

第一次的相認相知發生在初識不久。我答應了你學寫一篇突破特輯稿子，快要截稿還提不動筆，急著找你道歉，正要開口，淚卻先簌簌滾流下來。

你溫和望著我，眼睛好像早已洞悉隱藏深處的祕密。我再也抑制不了，心中的委屈那一刻崩堤奔湧而出。你張臂擁我倒在你懷裡，任讓我哭，讓我哽咽斷續訴說那一段令我痛得寧願自己不再存在的感情。

「不用硬撐著啊，痛快的哭一頓吧。如果你沒有付出深懇的情感，傷痛不會這麼深。」

你摸著我的頭髮，再沒說話，只靜靜的歎息。

其實你正為新出版的突破忙得寢食不安，正趕著改稿校對，我這麼一來，你甚麼都要暫擱一邊。而你甘心和我一同傷痛，耐心護理我裡頭交錯的心緒。

後來我還是乖乖躲在你的房間裡，寫好文稿。不過，我也開始感應出你心底的澎湃，只是你的故事更隱藏更深久。一個只願意祝福不願刺傷別人的心靈怎會沒有傷痕！何況你又是極之敏銳，感情非常豐富的人，然而你沒有沉溺於自我的傷痛中，努力要超脫，化力量去多了解同情別人。

我不知道你醫治包裹過多少個心靈。不過受你提拔、鼓勵、教導、關懷的就不是數字可統計的了。甚至在你心力交瘁，或情感受傷的時刻，若有人來找你，你仍不惜把自己的心緒壓了下去，儘與人共分悲喜憂樂。

回想那些日子我實在好傻。常常以為自己很有用，是支撐幫助了你。我天真的纏你去玩，教你不同把戲，想幫助你鬆弛成年累月的積勞緊張。好幾次我們二個躲去長洲看星看海，聽音樂、松濤，又多少個晚上秉燭夜談，不管天南地北跟你胡扯一番。你果真好像回復小孩子的模樣，和我暢意的瘋顛說笑。

夜靜無人的時候，我總會隨著低柔的音樂不知怎樣睡著了。夜半陡然醒來，發現我身上多一條被子，而窗外清月一片，冷純的光影流瀉了一床。而你竟然未睡，跪在你早已磨得光滑的禱褥上，默默祈禱，我看見你的背影，好像背負了許多委曲、過重的心靈，趴在至高至隱的深處，燃點你祝福的禱詞。

我終明白你，不是不喜歡生活的情趣，凡是美的、令人心折的音樂、藝術，你都會快樂得整個投入，裡頭根本就是一個熱情奔放、酷愛生命的小女孩，可是為了愛，為了委身基督，你寧願選擇了仄徑，選擇了那條痛苦犧牲個人幸福的路。

你卻護衛寵著你所愛的人，一次又一次，替我揀拾幸福，給我的信裡總再次又再次寫上——「給你——無盡的祝福」。

懇求那感動你的靈加倍的感動我們

/ 盧龍光

恩佩，你走了！雖然過往我曾多次凝視著你，心裡便在想：不曉得你還會與我們在一起有多久，我得珍惜每一次的見面，但是，你的離開仍然令我感到有點措手不及，像是未來得及話別，你就走了。

想起一九七○年的二月，我們在台灣中部的一個冬令會裡相識，你不單是校園雜誌的主編，同時也是大專學生的輔導。還記得第一次受你的教導，是學習如何帶領小組查經，見你那種認真的態度，讓我感到你一定是一位很好的輔導。冬令會以後，你叫我到火車站去送你，並邀請我到你家去作客，一嚐你煮飯的本領，那種親切的關懷，讓我深深的感到你一定是一位很好的大姐姐。

在一九七三年，我被你那篇〈他們也有靈魂〉的文章吸引著，你的吶喊深深地感動著我，也將我的眼光帶進了那群受盡生活煎熬、被人忽視的基層大眾之中。我在想：為甚麼那麼一小撮在城寨工作的基督徒，未有引起香港教會的關注，卻令你如此興奮？當我聽你談到要為這個城市的青年人辦一份雜誌，這份雜誌要成為社會的良心、先知的聲音；我為你這種豪氣所攝住，也嚮往著你所提出的理想，只是我仍在想：為甚麼整體香港的教會未能看到這種需要，唯獨你發出這個呼聲？

在金禧事件中，香港教會面臨極大的挑戰，甚麼是基督徒的立場？我們的信仰對這個處境帶來甚麼信息？眾多的教會領袖及基督徒皆猶豫不決，不知所措，我見你雖然聲音微弱，但卻堅定地要求我們表示立場，發出聲明，在你荏弱的身上，我見到強大的道德勇氣，對社會公義的承擔！讓我感到，你不但是一個好的輔導，一個好的大姐姐，更像是一個時代的先知，你對時代的洞察力，從心底湧出對人類關懷的悲憫，面對一個被罪惡黑暗的權勢壓得快要窒息的世界，勇敢地發出先知的呼聲。

一九七九年，你終於獲得安息年的假期，經過半年的休息，你似乎對「主流文化」的抗衡，為這個充滿物質化與消費主義的社會提出另一種生活方式，更充滿信心。還記得你從美國回來不久，就不嫌路遠要到柴灣來看一群你所關心的弟妹，要表示對他們工作的支持。在路上，你興致勃勃地談論你如何在柏克萊參與當地基督徒在大齋節中的悔罪儀式及和平示威。我心裡在想：你的生命力與創造力為何那末旺盛？總是走在時代的前頭。在你眼中，我見到你憧憬著掀起一個「反主流文化」的浪潮。

你積極地推動著「簡樸生活」，也積極地身體力行，參與各項社會行動。記得當反對兩巴加價運動一開始，你就熱烈支持，不但出席了代表大會，在維多利亞公園的公眾集會，你也與大家一同席地而坐，你的關心與支持，給我極大的鼓舞，去面對一切的誤會與壓力。在你離開我們以前的一段日子，你更令人詫異地熱心於建立一個關懷服事社區的教會，當很多在教會工作的同工，躊躇不前，對社會與教會的關係仍然充滿疑慮之際，你又走前一步，將自己的生命投入去摸索教會的出路。

恩佩，你的身體雖然軟弱，生命卻比更多健康的人剛強；你聲量雖然微弱，但你的信息卻如此堅定有力；你的生命雖然短促，但你所開展的前景卻是如此深邃。在你身上，我見到了上帝的代言人，在你不辭而別的時候，我懇切地祈求，那感動你的靈更加倍的感動我們！

當你遠去……

/ 蘭芳

你猝然而去，我才想起有很多話沒有跟你說，雖然人之相知貴相知心，但如果能早點告訴你，未嘗不是對你的一點鼓勵，遲疑竟成了吝惜。

六、七年前在編輯組中你們笑稱我是憤怒青年，當時我曾惶惑，一個人可以一直憤怒下去嗎？怎麼沒有聽説過憤怒中年憤怒老年呢？剛從學校出來，抱有理想，看不過眼腐朽的種種，原是不足為奇的，稍有良心稍有熱血的人都必如此，但年日的風霜會不會冷卻熾熱的情懷呢？到時又怎麼辦呢？這種惶惑並非過慮。

現在歲月告訴我時光固然消磨人的激情，卻又培植了韌力和智慧，起碼在你身上如此。我不知道你從前是否激情過，但我知道日子不曾令你麻木，你仍對社會有深沉的負擔和關愛，你為這個城市、這個時代哭泣傷懷，你為這個時代奮起，你獻出你的生命。也許，這就是對我從前所惶惑的一個回答吧。我們可以在時代跳動的脈搏中感到激情，但要有所貢獻，需要的卻是先知的洞察和不絕的韌力。

記得當你從美國回來，經過大半年放下忙碌的工作，你再一次清晰掌握了時代的脈搏，提出我們要推動抗衡文化、提倡簡樸生活作為我們突破現實的腐朽與束縛的路向。當時我似懂非懂，不太明白這有甚麼重要，但經過年來的反省和不斷的討論，至此我深信這的確是我們對目前這個社會的反擊和挑戰。我一直喜歡比較簡單的生活，所以開始時也不以為簡樸生活有甚麼特別之處，但因你的啓迪我開始探索，才理解到簡樸生活有極大的動力和影響力，非在此時提倡不可。每念及當時的淺薄，我會想到所謂先知的洞察時甚麼一回事。我深信簡樸生活要成為連鎖反應，為這一代的沉溺指出一個路向。

今年我們討論婦女解放的問題，期間我們深深共鳴，多年來我們為此深感苦惱困惑；我們渴望這一期特輯成為一塊投擲出去的石塊，引起連續的漣漪，更期望它將隱藏在平靜水面下的暗流暴露出來。只可惜籌備多月，你最後沒有機會看一看特輯的設計和印製效果。然而我相信，你對時代的捕捉，必會成為一種影響，一種貢獻。

當你去後，脫下沉重的背負，時代仍在召喚，我們將繼續答應而奔跑，像你一樣，恩佩姐，你放心吧。

那走仄徑的人

/ 何盛華

有一次，余達心向我說：「你可知道嗎？恩佩最叫我折服的地方，是她對生命的熱誠和執著。當大部分人都甘於庸庸碌碌地過活時，她卻不斷努力追求生命的質素。」

我絕對同意。但我認為恩佩對生命的認真，是建基於她對神的認真和執著。明白到生命是神所賜的，所以絕不能輕忽，要活得榮美來榮耀神。

恩佩對神的委身是毫無保留的。她向神敬畏尊重，恭而敬之，不敢有半點怠慢，真真正正的把神作為神來看待。說來慚愧，這本來是每個基督徒該有的態度，但偏偏很多人卻做不到。

恩佩的一生，堅持效法主耶穌背十字架的道路。對她來說，背十架的道理一點也不玄妙，就是人為了擁抱父神的旨意，隨時放棄個人的意願和理想。道理極之簡單，卻需要莫大的勇氣和毅力去實踐。

認識恩佩七載，共事六年，我曉得她有一個最大的心願——就是暫時放下編輯職務，專心從事閱讀和寫作。她一向坦言，對繁瑣的編輯工作並無多大興趣，自己更不是個行政人才。近幾年來，親近的朋友，都了解她是多麼熱切渴望能夠成全這個心願。

但恩佩去了，至終不能成全這個卑微的小心願，只為了神交給她突破運動的託付。在臨終前，她還硬撐著柔弱的病軀，在醫院完成一些迫切的工作。

突破運動十分蒙神祝福，發展遠超人所預料。同工義工為這異象，都付上了不少代價。恩佩把她能付出的，都付上了，這包括她的健康、情感、意志、心血，甚至是個人的自由和意願。無疑，她是這個運動的核心領袖，最能代表「突破」精神。

青年時代的恩佩，為了忠於神的呼召前往台灣從事校園福音工作，不惜放棄戀愛、婚姻、博士夫人的地位、美國郊區寧靜安逸的生活，而獨個兒往未知的將來闖。這對一個青春女孩來說，是絕不容易辦的事。

記得有次，我和她到一位朋友家中作客。朋友住在郊區，環境優美，房舍背山面海，屋前還有一片綠油油的草地。

朋友有個出生數月的小娃娃，白胖可愛。恩佩看見了，喜歡得不得了，立時，她的女性愛與溫柔表露無遺。她用嫻熟的手勢把小娃娃從搖籃車上抱起來，放在自己懷裡，拍她、哄她。小傢伙安詳滿足地偎著她，享受在冬日陽光下青草地上的漫步。

此情此景，使我想——恩佩是個溫柔美麗的女性，她對人充滿愛心和體貼，兼且有高雅的藝術品味，如果她也有自己的家和孩子，那該多麼好！她定會是個好主婦、好母親、好太太。為甚麼她不結婚？

那天，她對我說：「盛華，其實我並無意做職業婦女，闖事業。我享受家務，樂意照顧孩子。但神既然在我身上作這樣的安排，我也願意欣然接受。」

她就是這樣的對神絕對順從與尊敬。只要看見了異象，就不惜付一切代價，勇往直前。

恩佩不是個超人，她有很多限制，也有作為人的缺點。但她對神毫無保留的委身，是神大大祝福她和使用她的原因。

恩佩離世，其實是件美得無比得事。我可以閉目想像，在那金光燦爛的彼岸，在萬千天使的迎接和歡呼聲中，恩佩脫下她的疾病、痛苦和重擔，笑著跳著，以極大的興奮和喜樂，投進父神的懷抱。

恩佩，天家再見！由你的死亡，我深切體會到「息勞歸主」的甘甜和真義。

寄恩佩

/ 羅錫為

恩佩：

別了，竟來不及跟您說一聲再見。

復活節翌日的黃昏，剛回家就接到Linda的電話，傳來了噩耗。主已把您接回天家，安息在她慈受的懷抱裡，我給愣住了，不敢置信，不能自已。

清明節時，知道您抱恙，三天住院，兩天在家，多次因公因私上來「突破」，總是緣慳一面，本應該去探望您，可是聽說您的健康沒有大礙，是發熱和藥物反應，對您來說只是「小意思」而已。而且認識您這一段日子，接受了您的「不正常」就是您的「正常」。當您感到呼吸不暢順，再入院治療時，病情急轉直下，就這樣安詳地睡在主的懷抱裡。

與摯愛的友人相別離，難免會依依不捨。（何況我還有一封給您而未付郵的信，一些心底裡的説話，還未與您交通。）不過，我不會強留您片刻，其實也不能留住您。深深知道，您離世與主同在，那是好得無比的。正如您所證言的：「我不懼怕死亡：因為雖然談不上『成就』，但我已獻出凡我所有，過了充實有意義的一生。」你該打的那美好的仗，已經打過了，該跑的路已經跑盡了，所信的道也守住了，現在回到主那裡去，你該沒有甚麼遺憾、沒有甚麼放不下，因為您的一生，都是對您所信仰的上帝，鞠躬盡瘁、為您所服務的社會人群，燃燒自己，您生命最後的一分精力，已澆奠在祭壇上了，為甚麼不應該回到天父的跟前，領取那為您預備的那頂「公義的冠冕」呢？

恩佩，您的勞苦息了，但您的工作、您的見證卻不會停止，您手所作的工，天父必會親自堅立，您的遺志，突破一群同工義工必會秉承，您的感召，會喚起無數有理想、有熱誠的青年的響應，不斷的「突破」、再「突破」！

錫為

1982年4月14日於突破編輯室

駕虹的人——寄美的靈魂

/ 黎海華

你俯身對著百丈下拍岸的驚濤：「這海的藍——注視太久，便暈眩得令人站不穩，有種想投入她懷抱的衝動！」你對美的嚮往、追尋，有與生俱來的執著。你闔上了眼、仰起頭、舒展雙臂、深深地呼吸，如酣醉於美酒的人……

對這世界蘊藏的色彩美好，你常發出孩子般的驚嘆！惟恐錯過這一片富麗、那一塊奇詭。像在海邊拾貝的小人兒，搜集他眼底的奇珍，在你靈魂的匣子裡。你往稚童的心去尋、你往人性裡去覓、你往造物的奇妙去搜索……

如同雜物堆中撿起遺失百年的珍貴的古董，你能在每個人身上發現奇珍、靈魂的特點、一如古董鑑賞家。有時擁有者並不珍惜，或者竟懵然無知。

對著落日的天空，你溫柔地提醒：「看看夕陽！」旁邊的人淡漠地應了一聲：「哦？」你惋嘆：「晚霞多美！你怎麼可以不留意？一個人活在世界上，是需要一點美來支撐他的，她給人那麼一點希望……」只要天空的一片雲能映照霞光、只要宇宙間尚存一顆閃爍的星辰，你仍可以剔亮微弱的心燈、挑起生命的火花，容她再燃起朵朵火焰，照亮你周圍漸已黯淡的世界。即或不然，那儲存在你靈魂匣子裡的奇珍，亦可以為你點燃一輩子。你可以憑藉一點閃光，與那源頭緊密結連。你對美和愛的追尋，平穩中，不時有令人心悸的激情！總擔心這激情要使你荏弱的身子盛載不起。

你對紫色情有獨鍾，恍如她是你靈魂的基調。那是經融合而淨化了的。沒有朱赤的辛辣，卻保有她的溫情、活力、光芒，沒有青藍的冷冽，卻保有她的智慧、堅毅、柔雅、尊貴。你的眼底依然閃著青春，依然懷著孩童純美的摯真，恍如拉斐爾天使畫像的神采。另一方面，你卻像苦力、巨人一樣持久工作，井然完成一件又一件的事務。在你病中，你仍堅持處理好你起首的工作，一如王者的尊貴。你把你的房間製造成紫色的夢境：紫色的燈罩、靠墊、床單、窗簾……你讓你的知友愜意的在那氛圍裡，和你促膝談心，祈禱。有時你凝注的彈著蕭邦，你知道我聽著、我了解。每回心靈交融的美境都在彼此心版上刻下深鐫的一筆又一筆。

你的朋友們怎能忘記你點著燭光、穿著長裙主持的羅曼蒂克的晚會？星光下談心的寫意？

你為摯友耐心地挑選禮物，那樣左右稱度、思量，要求全然合宜。有時不免低估你的唯美、理想主義的傾向，你要求事事完美。然而，你也因此要求自己毫無保留地把自己獻在羔羊面前。

你羅曼蒂克的情操，常有意想不到的轉化。那齣詩劇《枯骨的復活》的創作、演出，是你對這城市發出的愛的嘆息、是你心底美的盛放。

念你對神州故土無可救藥的戀慕情懷，友人特地為你掬一撮長城的土回來，你懷著興奮、虔誠的心，小心翼翼地裝在精緻的小匣子裡，喜孜孜地向人展示，如展示曠古的美玉。你日積月累地、把一點一滴的夢栽種在那一小撮土裡。終於有一天，那夢長成了樹，你真實地踏足在紫禁城上。你把那情操化為沉重的負擔，在那棵成長的樹根上，再澆下你的淚。在公園椅子上小憩，你天生的人緣使你毫不困難地和那長城下的百姓攀談起來，你傾注你的情誼、娓娓親切地述説著那亙古不易的愛的故事，你內心卻為著一個個渴慕的靈魂焦灼、憂傷……

你的耳朵亦留意世界美麗的聲音。諦聽潮聲、松濤、鳥語，留心豎琴、長笛的清音，投入柴可夫斯基的悲愴、拉哈馬尼諾夫的浪漫、馬勒的沉哀……悲劇的美感帶給你的震撼，然而一如海之潮汐，你以欣悅之情，沈緬於馬勒第四交響曲的末一樂章，復活的榮美、天上的光華，那氣象更令你動容，你身上覆蓋的死亡的陰影、早撇在後頭老遠了。而今早年失去嗓音的悲痛，早已成為塵世遙遠回憶的一章，你可以加入天上的合唱，儘情唱你甜美的中音。你可以更有能力的獻上你自己。在那國度裡，美，永遠燦亮，永不褪色，你在塵世美底形象亦已鑲嵌在我們心底，正如你旅美帶回的楓葉鑲嵌在我的鏡框裡。

靈堂前，你的笑容和飄揚的柔髮上的陽光一樣溫煦。我知道，在那國度裡，你笑得更璀璨，像寶座上的寶石，令人睜不開眼…………

在復活日的晚上，在眾天使的簇擁中，你乘坐了那朵為你裝飾的紫色雲彩，直往虹的那端、星的背後。你已跨越死亡，在那無比的穹蒼之上，欣然迎向那寶座上的笑容，你已蒙救贖。在世間，你的生命，已經完成了上帝手中一篇優美的作品。

紀念蘇恩佩姊妹：握筆的戰士

／滕近輝牧師

蘇恩佩姊妹於上主日被主接回天家。我聽到這消息，心頭一陣深深的悲惘。這是福音文字工作上的一個莫大的損失。

我第一次認識蘇姊妹，是大約廿年前，她三姊妹一起到馬寶道本堂舊址來，和我約談關於靈性與獻身事主的事。第二次見面是在臺北，那是她已從美國惠敦大學讀書回來，擔起了《校園》雜誌主編的擔子，獲得普遍的重視。這時期中，她的甲狀腺癌發作，醫生說她隨時有生命的危險。她暫時遷住新加坡休養，但是竟然和一些弟兄姊妹創辦了《前哨》，是該地文藝見證的一個重要的里程碑。跟著回到香港，和同心的弟兄姊妹們創辦了《突破》雜誌，擔任總編輯。這一種「福音預工」的運動，立刻獲得香港各教會青壯年弟兄姊妹們的重視支持。刊物蒸蒸日上，同工與義工多達二百人，她在港的頭幾年在本堂參加主日崇拜，後來因為渡海路途太遠，改往九龍聚會。在我主持《抉擇》編政的第一年中，她給予我很大的幫助。

她一直身體軟弱，遭受死亡威脅，但她以獻身精神與死亡戰鬥，一天當二天用，開放了生命的燦爛花朵，成為千萬青年基督徒靈感的源頭。雖然她的一生短促，在盛年時夭折，但是她已經達成了人生的光榮任務——跑盡了當跑的路，守住了所信的道，打過了美好的仗。恩佩姊妹，我們為你感謝神！我們懷念你對基督國度的光榮貢獻。

追憶

/ 吳思源

恩佩去世的第二天，我行經彌敦道車厘哥夫餐廳門外，使我想起第一次她跟我討論突破雜誌的事，正是在這間餐廳，那時我是《突破》編輯組的義工。

那是一個寒冷的日子，1979年二月二日星期五。恩佩約我吃午飯，那天她穿了一件大褸，圍上頸巾，還戴一頂冷帽子，我取笑她像愛斯基摩人。她叫了一客午餐，食物送上來，她說分量太多，恐怕吃不下去，於是把部分食物分給我。恩佩吃東西的速度很慢，加上彼此交談，所以整頓飯的時間很長。

那天談了些什麼，我差不多忘記得一乾二淨。惟一令我印象深刻的，是她對突破運動那種堅毅而執著的態度。

恩佩就是這樣一個執著的人。對工作、對原則，她執著；對人，她寬容、體諒。1979年九月，我正式加入《突破》做執行編輯，跟她接觸的機會比較多。其實每次跟她討論工作的時候，我都有點矛盾。每次她約見我，我或多或少都有點戰兢，因為她滿腦子充滿著創新的意念，好像在催迫你和向你挑戰；但一旦面對她，你又會感到釋放，因為她總是那麼親切，永遠不會強迫你做你不認為對的事。

對同工，恩佩充滿殷切的的期望。在她心目中，每個人都有美善的一面，而她的思想不會停留在別人的軟弱上面。她雖然每日忙碌地工作，但對同工仍然關顧入微，常用欣賞的態度去接受別人一些頑皮的動作和言語。可能是這種性格的關係，每次當有人犯了嚴重的錯誤，對她是一個沉重的打擊。但她對人的信心很快的又恢復過來，也許，這反映出她對神的信心。

這是恩佩的一生，對神全然的信靠。

最後的一程

/ 梁慧賢

打開恩佩姐的房，簡潔雅致的佈置中，蕩漾著肅穆的氣氛，絲絲的哀愁縈繞著我。取了文件，慢慢的鎖上房門。心裡仍然不願意接受我們敬愛的「蘇老闆」已返回天家的事實。

在四月六日，恩佩姐因肺積水再度入院，進院前她在電話中交代了一些公事，然後對我說：「你也不用太擔心，神可能在《突破》面臨大改革之前，要我靜下來思想一下。」料不到，神已為她安排了一條更美更好的路。

恩佩姐從踏入青春期開始便與癌症搏鬥，經歷多次的大崩潰，仍支撐下去。而這次由感冒引起的敏感反應，竟然成了她的致命傷。她在心理上的預備不很足夠，但深感謝神沒有讓她受太大的苦楚，和纏綿在病榻上的折磨。恩佩姐豐盛的一生，像一首抑揚頓挫、燦爛感人的交響樂，而最後的一個樂章，雖然短促，卻是那麼激昂，直震動著每一個人的心弦，引起迴響不絕的共鳴。

回想恩佩姐離世前數個月，一直為營業經理的空缺而煩惱、傷心。她為唸商科而不肯委身的大專基督徒感到失望。在籌備「突破書廊」的日子，她亦為了沒有合適的書廊經理而感到無可奈何。她提出質疑：「難道讀商科的基督徒便不用奉獻自己？」想起她所付出的心血，而得到令她失望的反應，總是有戚然之感。

在她臥病的個多月中，強烈的感受到恩佩姐的掙扎，她有太多未完成的工作和心願。我不斷將文件，稿件送到醫院和家中，心裡卻很矛盾，我們似乎在剝奪她休息的時間。

她真的沒有機會休息，在第一次入院的個多星期內，完成了《屬靈操練禮讚》十五萬字的校對工作，還將《突破》雜誌五月份出版的「婦女解放」特輯大部分稿件修改好。我到醫院時，她還喜孜孜的告訴我，她開始寫一部新的小說，創作的心願在她心裡燃燒了很久，終於有機會下筆。在醫院，她還撥出時間關心同房的病人，和處理出版社行政上的瑣事。除了祈求上主保守，我還能作些什麼！

出院後在家休養，這時她的呼吸已不大暢順，說話時咳個不停。但她仍和《突破少年》的編輯開會，和推廣主任討論宣傳計畫，對這份仍有頗大虧蝕的雜誌放不下心。

在四月二日，她最後一天上班的日子，還接見了兩位「資深編輯訓練班」的同學，作個別的指導。相信她會為未能見的二十位同學而遺憾。在栽培文字工作的接班人上，恩佩姐已盡了她所能夠付出的。

能有福分和恩佩姐一起走她生命最後的一程，對我的生命有很大的影響。悲傷的日子中，深深的體會到一羣同工對恩佩姐的依賴。一件小事牽起的回憶，總會帶來哀痛的沉寂。但我們深信，這美好的仗仍會打下去，直到凱旋的日子。恩佩姐溫柔和堅強的懿範，在我們的生命裡會繼續成為鼓勵。

我們也深信，在那高奏凱歌的日子，定會和恩佩姐一起歡舞，讚頌那創始成終的神。

紀念恩佩

/ 阿濃

恩佩安息了，永遠地安息了。

兩個月前，她帶我參觀了「突破」新社址，最後坐在她的小房間裡，一同喝茶吃餅，想不到這竟成為我們最後的一面。

與恩佩共事，那是二十多年前的事了，那時，我們同在一間小學裡任教。

她教英文，也教音樂，也做班主任。她有一個很顯著的特點，就是說話的語調十分溫柔，上課如是，和同事談話如是，甚至責罰學生亦如是，誰也沒有聽過她發脾氣罵人，即使她心中很生氣、很煩，也只不過是皺皺眉頭而已。她喜歡學生，學生也喜歡她，學期開始一知道由她做班主任的班級無不雀躍萬分。

她是一個虔誠的基督徒，她的所言、所行，無不合於信徒的標準。最喜歡開玩笑的同事，對她開的玩笑也是高尚雅潔的，因為大家不敢，也不忍對她有所褻瀆，更不想她生氣。其實她絕不嚴肅，她很喜歡笑，在課室裡就常常被學生引得笑出眼淚。

她的歌聲甜美，教員室裡許多同事都有欣賞的耳福。後來疾病影響了她的聲線，對她的打擊是如何的嚴重，我是完全可以體會得到的。

她個子不高，又如此純潔溫柔，同事們都把她當做弱質女子，誰知道在一場疾病的考驗之下，她竟顯示了她的大勇、大仁、大智，幹出了偉大的事業，成就超出了當日所有的同事，真是意想不到啊！

有一次，為《突破》雜誌上一個專欄的處理我感到不高興，寫信向她提了幾點意見，她立即寫了覆信，向我致歉。其實看到信封封口處的幾個「笑哈哈」貼紙，我的氣已經消了。「笑哈哈」貼紙這類玩藝，本是青少年的專用品，想不到對我一樣有效。

信上，她約我參觀突破新社址，我如約前往。在大開眼界之後，我參觀她的小房間，那是惟一比搬遷之前遜色的地方。不過我仍是十分欣賞牆上的那副竹簾。

在她的小房間裡，她告訴我她的工作近況。她說，行政工作非她所長，但為了工作需要，她正在學習；她說，她的健康狀況，近來不太好，吃東西越來越困難了。總有一天，恐怕會完全不能進食。

她用極平常的語調說著一切，說的時候微帶氣喘，還要常常喝水。但是我當時並不怎樣擔心，因為在我心目中，她是超人，死亡難不到她。雖然疾病會繼續困擾她，她仍然可以帶病再工作十年，二十年……並且帶來新的突破。

臨走，她送我一本她寫的《死亡，別狂傲》，如今，這本書正在我的手邊。我要抄一段她追悼亡友的說話來追悼她，因為我不能寫得比她更好：

> 沒有遺憾——一個曾經活得那麼紮實的生命是再沒有遺憾的了。留下那麼美的回憶在那麼多人的心中：每一個鼓舞的微笑，每一句激勵的話，每一滴同情的眼淚，每一個責備的眼色，每一次愛心的服事，都被鑲嵌起來，都被凝化。而那些因著你的見證而得到『生命』的人，那些因著你的栽培而成長的人，那些因著你的扶持而堅強起來的人，將繼續將你所傳遞給他們的傳遞出去。

死亡，別狂傲！——悼蘇恩佩

/ 小思

「若生命不以長度來衡量，妳已經行完了你的路程。

若生命不僅以量來評價，妳定必得到很高的分數。

若友誼不以年日來計算，那我們也可以算是深交。」(註)

其實，我們相對深談的機會並不多，但總是這樣開始，妳端端的坐下來，深深咽一口氣，用手輕撥一下低垂額角的頭髮，說：「真是有太多太多工作要做了，咳！……」然後。妳說突破、突破少年、青少年問題，說語文問題，說文藝推廣。每次，妳總說得很慢，要深深咽許多口氣，可是，我總覺得妳很急，不知道是妳追趕生命還是生命追趕著妳。近兩年來，妳的話題裡多了「中國」。當妳告訴我北上計劃時，我雖然為妳的健康、體力擔心，但卻深切了解，妳必須去。不久，妳回來了，談到中國，妳的眼神顯出異樣的光芒，不過也難免帶點憂傷，我們都明白，這憂傷的根源。

妳還是那麼忙著行政、財務、公關。最後妳和我談的是開設書廊和資深編輯訓練班的事。消息傳來，妳病了，我輕率地以為這對於妳只不過是一場微不足道的小戰，誰料結果卻是妳永遠離去。我只是個平凡的人，對於死亡，只有常人應有的恐懼、憤怒、悽愴、無奈，特別在世界需要更多熱心的人的時候，死亡竟然有了一次令人措手不及的「成就」，使我充滿憤怒和悽愴。

但妳畢竟是個細心體貼的人，早為朋友預備了安慰的說話。今夜，我重讀妳的書。妳說：「我是一個蒙赦免、蒙救贖的人；死亡於我並非『不可知之地』，而是遷移到一個更美好、更光明的地方，更有能力地獻上自己。」我不是個基督信徒，但只要知道對於妳來說，這是真的，我就相信了。至於妳關心社羣的精神，是永不言死的，因為必然後繼有人。於是，我冰釋了憤怒與悽愴，為了妳所信！

（註）引自蘇恩佩著《死亡，別狂傲》書中〈悼亡友〉一文。

被祝福的詛咒

/宋恩榮

在復活節主日的晚上，我聽到恩佩姊妹病重垂危的消息。一個與病魔纏糾十多年，堅韌不屈的病人，正在與死亡作臨別的格鬥。在無助和憂傷中，我不期然拿起恩佩幾天前給我的信：

> 想不到這次的病這樣惡化下去⋯⋯痊癒好像遙遙無期，心裡便煩了。原來順服是一步比一步難的。尤其是這幾天，好像一個廢物一樣，除了照顧身體，什麼都不能做。想起我健康的前景，不覺黯然。
>
> 「就在這些日子，神再一次叫我領悟祂的工作不在乎我的努力。祂所要求於我的，只是一顆順服信靠的心。英國詩人John Milton的一句詩句不斷浮現：
>
> "He also serves who stands and waits."

我停止了哭泣。我為一個垂死的病人憂傷，卻從這病人的順服和勇敢得到了安慰。

恩佩便是這樣的人。她以殘缺的半條生命與死亡作競賽，向我們擁有健康的「正常人」宣示生命的神聖和尊貴。我們太過習慣自己的健康和豐足，把神所交託和賜予的時間和機會視為當然，甚至不懂得珍惜。在不知不覺間成為刻板、枯燥的現代生活的俘虜。每天朝九晚五，我坐在辦公桌前，把學生、同事和朋友當做公事處理，沒有愛和恨，也沒有喜樂和憂傷，「正常」地、例行公事地糟蹋自己的生命和踐踏別人的生命。恩佩與死亡的搏鬥卻奏出生命的詩歌，使我從麻木的現代生活中猛醒過來，重新看到生命的神聖和尊貴。

記得我剛信主的時候便認識了恩佩，到如今不過年多。那時《突破》要找個熟悉香港經濟的人提供資料和意見。恩佩從一個學生的口中知道我做香港經濟的研究，也知道我不是基督徒。恩佩初次約我見面時，並不知道我剛剛信主，她的驚喜可想而知。在這短短一年多的交往中，我漸漸認識這個帶濃厚惟美主義、做事又要十全十美的恩佩。一個惟美主義者整天要與毫不浪漫的藥水、藥丸和病床為伍，是何等的困境。一個要求十全十美的人，卻偏偏是殘缺不全。惟美主義和過高的要求都可以是缺點，然而恩佩卻惟美地、完全地把自己殘缺的生命獻上，她的詛咒從此便成為自己和別人的祝福。在這被詛咒的世界中，我們今生不可能完全，就是神蹟也不會完全。然而在今生，恩典卻能夠醫治殘缺——不是完全的醫治，卻是實在的醫治——並且能豫表將來的完全。從恩佩身上，我明白了什麼是恩典——使詛咒變為祝福的恩典。恩佩把自己殘缺的生命放在恩典的祭壇上燃燒，就在燃燒的火焰中得到完全。

附錄(二)
《吶喊文粹》選輯

目錄

從恩佩想起……

（選自《吶喊文粹》）

熟悉蘇恩佩的人都知道，恩佩是個時代感很強的人，也是個對時代承擔很重的人。朋友們從她身上，往往可以得到一些啟示和學習——作為基督徒，我們該如何看時代，又該如何回應這個時代。

本文由三位弟兄姊妹執筆，他們都是與恩佩認識多年、曾與她並肩作戰的朋友，在這裡與讀者分享他們從恩佩而來的一點反省與感受。

風只為她而吹？

/ 文蘭芳

恩佩匆匆而去，現在匆匆又是一年。以前我們常取笑她在編輯組上報告事務時，像開培靈奮興大會，後來她就認真地說，如果身體和時間許可，她真有這個心願去主講培靈會，因為四周實在太沉寂了。當時已踏入八十年代。後來她又想到要辦一份給基督徒的刊物，一方面是可以免於奔波於講壇之間，另一方面是因為她始終對文字有一份不可磨滅的熱情和信任。

於是我想起魯迅，本世紀初他在日本棄醫從文，是因為感到要藉文藝改變國民的精神。差不多二十年後，魯迅為他第一本小説結集《吶喊》寫自序説：「凡有一人的主張，得了贊和，是促其前進的，得了反對，是促其奮鬥的，獨有叫喊於生人中，而生人毫無反應，既非贊同，也無反對，如置身毫無邊際的荒原，無可措手的了，這是怎樣的悲哀啊！我於是以我所感到者為寂寞。」魯迅不是基督徒，然而魯迅卻感受到了時代的挑戰，擔負了時代的使命。而因此他也感到了寂寞。

於是我再想到恩佩，一個基督徒，她也感受到了時代的挑戰，她也擔負了時代的使命，她是否也因此而感到了寂寞？

也許。有一次恩佩與幾個青年人到大嶼山去，走在兩旁是松樹的山徑上，她止步笑問：你們聽見甚麼？他們側耳再三，始終沒有聽到甚麼。而整個山頭正在風中迴響著美妙的松濤。恩佩寫道：「我對他們的鄙視終於轉為憐憫；試想這些在三合土森林長大的孩子，內耳神經已給飛機、汽車、機器的轟炸，及麻將、電視、收音機的喧囂破壞了、麻木了，又怎能怪他們不懂分辨風吹過松樹的聲音？」(《巴士、渡輪、747》第53頁)這件事，現在倒可作為一個比喻看。

風，並不只為她而吹，松濤也非獨為她而奏；但同行者衆，只有她聽到了風中的松濤。而因此，她應該高興，還是悲哀，還是寂寞？而我們，又是否因此高興讚賞她的特出和敏銳，抑或反省自己的聽覺是否麻木？

甚麼使恩佩那樣特出，是否這種氣質只她才能擁有？我猜想她自己也寧可不要特出，反而願意隱沒在衆人齊進的步伐中。這樣，才可能有「如雲彩」的見證人。是她的步邁得太大了，還是大多數人愈來愈落後了？

魯迅在他的時代，也許算是一個眾人皆醉我獨醒的人。但是那些人並沒有信仰，沒有從罪的綑綁中釋放出來，斤斤於自我的小圈子及利益。

他們也未曾經歷聖靈的光照，未曾經歷一種從上賦予的看事物價值及真相的新眼光。他們也未曾領受偉大的使命，未曾得聞對新生命的諄諄囑託。所以魯迅寂寞，但我們不願恩佩也寂寞。

而我們又如何？我們是領受了恩典的羣體。風為我們而吹，但願我們都聽到風聲。時代在召喚，但願我們不至如哈代所說，「呼喚者和被呼喚者很少能互相應答」！

我懷念她的「平凡」

/ 盧龍光

想起恩佩，可能我們會有數不盡的片斷，也有各種不同的印象與回憶。恩佩有很多令人欣羡的生命特質：她的文學細胞，她的觀察力，她的口才，她的敏銳，她的溫柔，她的多才多藝等，不一而足。

但當我們這樣想，我們很容易只是抓住了恩佩獨特之處，而忽略了恩佩的平凡。我說「平凡」，乃是指那些並非只有恩佩才可獨有的特質，而是她因跟隨耶穌基督而有的生命質素，是每個耶穌基督的跟隨者都應該擁有的。當人人都把眼光放在她的獨特之處，我卻倍加思念她的平凡。

她對真理執著。曾經與恩佩交往的人，會發現恩佩是個非常執著的人，往往一些會議，也因她對某些觀點的執著而遲遲不能散會。但她的執著不是蠻不講理的，只因為她發現了一些真理，她便會堅持，盡量表達。她這種態度，其實也就是她自己對生命的態度——對認識的真理絕對順服，不苟且，不妥協，她要求自己知道多少就做多少，不會以知道得不夠為理由就緘默，或以認識不足便袖手旁觀。她常常執著自己所知道的眞理為起點，不斷摸索，也同時實踐。她的執著，其實就是以生命去肯定所信的眞理，那怕是未完全認識，只要求自己忠實地活出來。這對於一些慣於高談闊論，喜歡不斷地提問題，但卻不肯委身實踐的「眞理旁觀者」，是個莫大的諷刺。

她有強烈的承擔感。恩佩令人驚訝的一件事，就是她曾先後在新加坡、香港分別創辦了三份雜誌，而當時的她，不是正在養病，就是處於大病初癒的階段。她為甚麼會這樣呢？原因就是恩佩不單只對眞理執著，更不顧一切地去承擔責任。恩佩曾為一些大專畢業生不肯實現他們在學生時代的奉獻而悲歎，甚至在「突破運動」五週年的時候，發出「突破不再需要義工」的反調。不願意承擔責任，似乎是我們這一代的特性，我們並不需要都像恩佩那樣去推動一個創新的運動，但我們卻不該以任何難處或軟弱，作為逃避上帝呼召的藉口。我們必須獻上自己僅有的恩賜，按著對眞理的認識，抓緊機會，謙卑地承擔起事奉上帝的責任。

她所重視的永遠是「人」。恩佩最令人懷念的，不是她驚人的工作能力，而是她對人的關懷與熱誠。雖然你可以跟她大談理想、策略、路線等問題，但在她眼中所重視的卻永遠是「人」。她不斷地問：「我可以 他們作些甚麼？」這是她生命的取向，也是她生活的內容。基督徒聚在一起，「為主而活」的歌聲可以高唱入雲，但在實際生活中這句話的意義卻顯得模糊而空洞，甚至成為「為自己而活」的擋箭牌。其實，為主而活的落實意義就是為我們周圍的「別人」而活，只有在我們不斷地問：「我可以為他們作甚麼？」的時候，我們才不會跌入為自己或為工作而活的圈套。

燃燒的生命。恩佩追思禮拜特刊的主題是「燒盡、點燃」，這的確是恩佩一生的寫照。記得去年在恩佩的靈堂中，她哥哥曾傷感地對我說：「她太不曉得愛惜自己的身體！」這是骨肉之情的慨歎。的確，在恩佩身上我們見到一幅極不均衡的圖畫：她理應獲得更多的休息，卻在鍥而不捨地工作；她應該有權利去完成自己寫書的心願，卻在不斷地花時間在與人傾談、開會、訓練班、編輯、行政……的工作上；她應該更顧惜自己的身體，卻拼命支出心力；她應該可以多享受一下家庭之樂，卻被迫常往外跑。恩佩將一切合理的「應該」都撇下了，因深知這一切不能成為攔阻她回應上帝呼召的藉口。她誠然活在矛盾之中，但卻永遠勇往向前，直至生命燒盡。今天，我們有很多「合理」的保留，使背十架的道理變得玄妙而不切實際，有太多這個世界為我們定下且「沒有甚麼不對」的「幸福生活」模式，最容易令我們在不知不覺中變得麻木頹廢。

恩佩的生命中，有其獨特的質素，這是她自己，我們不必把她看得過高而視其為超人，但我們必須正視恩佩身上耶穌基督的生命，這是我們與恩佩所共享的。讓我們想起恩佩的時候，想起她的「平凡」，使我們也在自己的身上，找到這些生命的標記。

總該有人當陳獨秀

/ 李栢雄

那天是去年春節的某一天，恩佩、元雲和我躲在元雲那遠離塵囂的房子，談了一整天，談到好倦、好倦……從《突破》談到香港社會，從陳獨秀、瞿秋白、梁漱溟談到近代中國，談到中國的未來……眞的好倦。我開笑地對恩佩說：「你是基督教圈子裡的陳獨秀。」當時我們的感受是這樣的，陳獨秀是個徹頭徹尾的書生，他一生努力企圖由思想的層面，為中國尋找出路。最後卻放棄了書生的事業，走上革命的道路。為了革命行動，他的思想趨於具體化、片面化，有時甚至變得淺薄。對於實庵先生來說，這是莫大的犧牲。恩佩突然認眞起來，半蹙著眉，說：「我不像。即使像，那不是我自願的，只是在今天的教會裡，總該有些人當陳獨秀吧了！」

我想，陳獨秀何嘗不是個非自願的革命家。大抵知識份子有兩種，有些一生以做學問功夫為中心，另一些以事工為中心。前者專注於抽離的、內省的、教導性的工夫，較易保有自己思想的完整性；後者則著重投入、行動，與羣衆認同。對於好思想的人如恩佩來說，要放棄學問的功夫而走上後者的道路，是一種犧牲，有時候甚至讓自己的思想生命割裂，那是一種莫大的痛苦。

然而，恩佩毅然選擇了後者，投身社會，肩背了認同羣衆的大衆傳播工作。這大概是一項經過千死萬難的抉擇；面對現代人的痛苦，勇敢地迎向上帝的呼召。

恩佩說過自己走上了儒者的道路。眞的，除了懷著一份悲憫心腸，持著一份對人類至誠的熱愛，誰願意拋下自己原本的理想，往社會的黑暗面碰過去？

恩佩對時代的敏感性很高，她看得出在現代化的過程中，功利主義抬頭，而這種功利主義往往以個人主義的面貌出現。在現代社會裡，我們慣常用人的成就去量度人的價值。到了功利主義過度發展之後，西方傳統的個人主義漸次失去其意義及價值。為了達至即時可見的成就，個人必須認同羣體，於是個人的意向不再是發揮「個」性，只是「羣」性的反映而已。換言之，現代社會的危機，是只有衆人，而沒有個人。正因這緣故，恩佩一生努力呼喚現代人找回自己。她心中的現代人，不是抽象的、社會學或統計學上的觀念，而是香港這城市裡每一位活生生的、有血有肉的青年人。她常徹夜禱：「上帝啊，求你拯救這城市裡的青年一代。」有一次我對恩佩說：「你的『憂患意識』很強烈。」她笑而不答。

「憂患意識」這個觀念是徐復觀先生提出來的，他用這個觀念去歸結儒家的淑世觀。「憂患意識」是一種道德理性的呈現，是一種對人肯定與承擔的情懷，其中包含著中國人對人類光明面、理性面特有的樂觀。徐先生這個歸結很確切。中國的儒家，從孟子一脈以來，非常強調個人的道德自主性 (moral autonomy)；另一方面也確信這個人有自足 (self-sufficient) 的修身的能力。這種對人性的基本觀念——就是相信生命和宇宙有一終極的意義，而人生在這世界，就是為了體現這一終極意義——的確可以扶起不少無根的現代人，遏止虛無主義的誘惑。但這個觀念並不足夠解決現代人的問題。

照我所知，恩佩對中國傳統文化的認識不算很深。大抵因為如此，她便可以比較客觀的從另一文化背景去看，以致不敢同意儒家忽視了人性幽暗的一面，以及人心底那一股原始的、非理性的力量。與許多的文學家一樣，恩佩相信，沒一個人是純然善良的，也沒有一個人是純然邪惡的。生命是錯綜複雜，並非道德理性所能包涵所能處理的。故此恩佩常說：「我看人性是悲觀的。」此刻，我想到魯迅小說筆下的一羣人物。他們固然是社會的受害者，但他們何嘗不是欺壓別人的？機會來了，他們何嘗不是個剝削者？也起朱西寧的小說《狼》，他把人性比作羊，把罪惡比作狼，狼來了，羊根本沒有保護自己的能力。也想起英國史家

Lord Acton，他觀遍古今歷史之後，說了一句震撼人心的說話：「只要有權力就會腐化，絕對的權力絕對的腐化。」很多人不大明白Lord Acton這句話。

陳獨秀的悲劇大概就在這裡，他太善良，對人的光明面過份樂觀，對於基督教看人的「罪性」、人的無能，更是一無體會。史學家張灝教授前些時候就著中國人的「憂患意識」說：「只有『憂患意識』並不足夠，我們還需要『幽闇意識』，認清楚人性的黑暗面，才能定得住人性的方向、社會的方向。」真是至言。

或許，對人性抱著毫無保留的樂觀而願意將整個人的生命注入羣衆，是比較容易理解的。至於恩佩，在瞭解人性及社會的黑暗面之後，卻依然執著地將生命傾注於人羣中，她對人的悲憫與承擔，是何等的深！而在這投入、傾注的歷程中，恩佩所感受在自己裡面的矛盾與割裂又是何等的深！身在羣衆之中，她卻放不下在思想、文藝方面為中國探求出路的負擔。她常慨歎中國教會沒有真正偉大的基督教文學。「為甚麼我們沒有杜斯妥也夫斯基，沒有托爾斯泰那些拷問人性、震撼人心的作品？甚至連西方的教會也沒有這些東西。」這慨歎隱含著她內心的焦急與催迫。然而，那抉擇又是那麼清楚，那麼肯定。

當「委身」成為教會慣用的語言，當基督徒輕易地談及「委身」，這兩個極嚴重的字便失去了它本有的嚴重性。要將「委身」這兩個字買贖回來，教會必須要付有血有肉的生命的代價。想到恩佩，便想到那代價是多麼的大！